*NARRATORI MODERNI*

*FRANCESCO CAROFIGLIO*

# LA STAGIONE BELLA

Garzanti

Prima edizione: maggio 2024



Published by arrangement with The Italian Literary Agency

ISBN 978-88-11-00832-3



Printed in Italy

www.garzanti.it

# LA STAGIONE BELLA

«E se finisse qui la storia?
Con una specie di sospiro?»

V. WOOLF

Le imperfezioni sulla superficie del muro.
Recito una poesia di bambina, a bocca chiusa.
Vorrei vedere la campagna che non esiste, sentire la brezza sul viso. Non ci riesco.
Una luce flebile arriva dal corridoio, il silenzio si addensa nel sibilo regolare delle macchine.
Sento soltanto gli umori dei corpi stremati, le note aspre dei disinfettanti.
Un odore crudele.
Guardo mia madre.
Respira, mentre soffre, dormendo.
Penso alla sua vita, alla mia, così annodate.
Le prendo la mano, le vene come affluenti, le dita lunghe, sottili. Sui polsi, sulle braccia, i lividi degli accessi venosi.
Il viso. L'incarnato sfiorito.
Le accarezzo la fronte.

Non si sveglia.
Non si sveglierà.

Muore quel giorno di maggio.
E io continuo a vivere.

Per molto tempo non sono riuscita a perdonarmi.

Quasi fosse una colpa, sopravvivere, l'essenza inestinguibile del mio tormento.

Tutta la bellezza immaginata, l'amore che travalica i corpi, che stupisce, che ci rende diverse. Questo legame, così insano e perfetto, che ci ha rese invincibili e poi perdute per sempre.

L'assenza disperata di un suono, in questa casa.

Le parole dette e svanite.

Non avevo il coraggio di entrare.

Ho provato orrore per l'immobilità degli oggetti, le fotografie ingiallite, i disegni appesi alle pareti. Non avevo il coraggio di entrare nella stanza della mia infanzia. Riaprire gli armadi, sentirmi invasa dagli odori, la canfora, la lavanda rinsecchita nella biancheria.

Ho lasciato che passasse l'estate.

E poi l'autunno. E poi l'inverno.

Volevo che tutto fosse secco, deposto, pietrificato.

Guardo una foto dentro una cornice di velluto liso. Mia madre sorride, e io dormo, attaccata al suo seno. Forse persino ride. Chi avrà scattato la foto?

Mi ha messo al mondo in una mattina di aprile. Non c'era nessuno accanto a lei. Sono figlia unica, di figlia unica. Senza padre, né io né lei.

Ci è sempre sembrato qualcosa di cui essere fiere. *Non abbiamo bisogno di nessuno, tu e io.* E invece ne avevamo bisogno, mamma. Ne ho bisogno ancora di più, adesso.

In questo deserto.

Bisognerebbe parlare della morte, del tutto che finisce. Ma io non lo so se tutto finisce, oppure trasmigra, nella feroce bellezza delle vite altrui.

Io non lo so. Cosa ci sarà, oltre queste stanze, in questa accelerazione dei mondi. Non so se tutto si interrompe, agito da una mano invisibile, e si perde, in un silenzio di natura immortale.

Chissà se qualcuno ripenserà al mio volto, quando non ci sarò più. Non so neanche quale volto di mia madre ricordare.

È strano, mentre ci penso, non provo dolore.

Solo un sentimento asciutto, di mondo finito.

Di infinito che non esiste.

Dammi la forza di raccontare, Dio che non esisti.

Lasciami vivere un'altra vita, anche solo per pochi istanti.

Per sempre.

Infilo la chiave nella toppa della porta a vetri, ed entro. Premo l'interruttore e le barre luminescenti si accendono, dopo aver sfrigolato un po', poso la borsa sul tavolo e apro la finestra che si affaccia sul giardino. Do un'occhiata alle piante, il limone, il gelsomino rampicante, i gerani, il basilico, poi vado in bagno a cambiarmi, infilo il camice e mi lavo le mani.

Mi guardo allo specchio, il segno delle occhiaie alla luce del neon si fa ogni giorno più netto.

Lego i capelli con un elastico e torno in laboratorio.

Sul tavolo ci sono le ampolle e un mortaio con il pestello di bambù. Su un panno le radici di vetiver.

Inalo le note verdi e scure, il sentore lontano di erba bruciata, e chiudo gli occhi. Ogni volta mi sembra un miracolo, questa scoperta, la sensazione specifica dell'olfatto, la matrice primitiva. C'è qualcosa di monacale in questa dedizione quotidiana, il mio mestiere richiede silenzio.

Qualcuno ha scritto che l'olio essenziale di vetiver, quello a cui sto lavorando, rivela il segreto del radicamento, la voce interiore. Ecco, questo credo sia il motivo, alla fine. Lavorare con gli odori mi mette in contatto con le voci.

Tutto è cominciato per caso, in un negozio di essenze, a Parigi, oltre quindici anni fa. Mi ero laureata da poco in psicologia e non sapevo ancora se continuare a studiare oppure fare il tirocinio e cominciare la libera professione. In quel negozio ho conosciuto Marcello.

Ci siamo fermati a parlare e poi siamo andati a cena insieme. Ho scoperto che aveva conosciuto mia madre, molti anni prima, quando lei studiava alla Sorbonne, e mi è parso un segnale, quasi magico. Il mondo mi è sembrato davvero piccolo. Un mondo in armonia.

Da quella sera non ci siamo più lasciati. Potrei dire che ci siamo innamorati, di un sentimento che non prevede lo scambio dei corpi. Marcello aveva appena lasciato la maison presso cui lavorava, era naso profumiere. Dopo qualche mese decidemmo di investire i nostri soldi in una bottega, a Milano, ci è sempre piaciuto chiamarla così, e mi ha insegnato il mestiere, con pazienza, ho imparato ad affinare l'olfatto, prendermi cura di ogni cosa, di ogni dettaglio.

Siamo una coppia perfetta. Passiamo intere giornate concentrati su una foglia, su un bocciolo, su un seme. Quando facciamo una pausa prendiamo un tè o un bicchiere di vino e lui comincia a raccontare, la sua vita infinita, a volte ho persino il sospetto che stia inventando tutto. Da sempre ascolto rapita le storie di quel mondo perduto che a Parigi ha incrociato quello di mia madre. Alla Sorbonne si parlava solo della *belle italienne*, mi dice spesso. Marcello allora era innamorato di Christopher, un giovane architetto tedesco.

«Ovviamente non finì bene, come tutte le mie storie, del resto.»

Mi fermo sempre a guardarlo, mentre lavora. È ancora così bello, la sua voce suadente risuona nel laboratorio come un richiamo confidenziale. Anche lui mi guarda, e sorride, chissà cosa vede di me.

«Giovedì prossimo andiamo a teatro, bambina.»

«Non so se posso.»

«Perché? Cosa hai da fare?»

«Non lo so...»

«Vuoi restare chiusa in casa per tutta la vita?»

«No...»

«C'è quella pianista giapponese... oddio non ricordo il nome. Ura... Uri...»

«Hiromi Uehara?»

«Esatto, lei. Prenoto?»

«Ti piace il jazz adesso?»

«Mi è sempre piaciuto.»

«...»

«Io prenoto.»

Più tardi passerà dal botteghino a prendere i biglietti. Gli dico che possiamo fare tutto direttamente dal cellulare, ma lui non si fida.

«Mi piace avere il biglietto di carta. Me lo conservo.»

Riprendiamo a lavorare e non parliamo più, fino alle diciassette, quando lui toglie il grembiule e lo appende alla gruccia, si lava le mani e il viso, si asciuga con una salvietta di lino e la ripone nel suo armadietto. Ogni giorno gli stessi gesti, una liturgia meticolosa.

Poi infila la giacca e viene a darmi un bacio.

«Ci vediamo domani.»

«Sì...»

E scompare dietro il vetro smerigliato.

Restano solo sagome indistinte, che passano per un istante.

Quando chiudo la saracinesca c'è ancora luce. Faccio il percorso di ogni giorno, lo stesso suono dei tacchi sul marciapiede. Il quartiere si svuota, le case, le facciate austere. Mi sono sempre sentita protetta da questo silenzio, dal rigore delle facciate, i balconi, le piante, le insegne mai chiassose. Questa è l'ora di nessuno.

Guardo. Qualcuno rientra a casa per cena.

Mi siedo su una panchina, nel parco, ho ancora il naso invaso dall'essenza di vetiver, ci metterà un giorno a svanire. Inspiro ed espiro, l'aria fluisce nei polmoni, li riempie e li svuota. Mi guardo le mani, l'unica cosa che ho preso da mia madre, per il resto non le somiglio affatto, io sono secca, androgina, lei invece era bellissima, con il seno pieno e sodo, i fianchi torniti, le labbra di quel rosa naturale, non si truccava mai.

Mi guardo ancora le mani e le poso sulle ginocchia. Tra qualche giorno compio quarant'anni.

Quando rientro a casa, vado a fare una doccia. Resto sotto il getto e chiudo gli occhi per un istante, quando li riapro vedo le tesserine celesti che rivestono le pareti del bagno, in mezzo al vapore. Come in piscina, da bambina. Mia madre mi obbligava ad andarci.

«Il nuoto ti fa bene, non vedi come sei magrina tesoro mio.»

«Ma non mi piace, mamma.»

«Ti piacerà.»

Mi accompagnava in quel centro sportivo dalle parti di casa, era una vecchia struttura degli anni Cinquanta, bella, a suo modo, l'avrebbero smantellata più tardi, per farne un parcheggio.

Aveva ragione però, a furia di andarci cominciò a piacermi, mi abituai all'ipnosi leggera di un tempo fermo, andare e venire nella corsia, respirare, guardare dentro e fuori dall'acqua.

Mentre nuotavo la vedevo, seduta sulla gradinata, sempre con un libro in mano.

Mentre nuotavo immaginavo che l'acqua potesse rivelarmi i segreti delle persone. Potevo sentirli, i pensieri degli altri, quel brusio del mondo, riuscivo a entrare nelle loro teste e li smascheravo. Ma non sono mai riuscita a entrare nella sua testa.

Alla fine dell'allenamento mamma mi metteva l'accappatoio e andavo nello spogliatoio a fare la doccia. Le tesserine che rivestivano le pareti della piscina erano proprio uguali a quelle del mio bagno.

Mi asciugo e spalmo la crema sulle gambe, ho la pelle secca, le ossa lunghe come quelle dei volatili. Resto seduta sul letto, poi infilo le mutandine e vado a preparare un'insalata, questa sera anche un pezzo di camembert, mentre ascolto i concerti per pianoforte di Chopin.

C'è tutta una geografia di segni sulla superficie del tavolo, le macchie di vino, i piccoli solchi che mi ricordano cose che il tempo ha dissolto.

Lavo i piatti e riordino la cucina, mi asciugo le mani, tolgo il disco e lo rimetto nella custodia.

E resto senza fare nulla, per un po'. La luce del lume cade sul dorso levigato di un ciottolo, preso in una gita al mare, non so più neanche quanto tempo fa, e si infrange sui petali dei tulipani, che spuntano dal vaso ovale.

Mi siedo sulla poltrona, faccio scorrere i polpastrelli sul bracciolo. Ripenso a quando l'ho trovata per strada.

«Pronto, Marcello devi aiutarmi…»

«Che succede?»

«C'è una poltrona rossa, bellissima, accanto al cassonetto… devi aiutarmi a portarla su.»

«Viola sei impazzita?»

«Ti prego, vieni… ti prego… mi sono innamorata.»

L'abbiamo portata per le scale e quella volta lo stile impeccabile di Marcello ha avuto qualche cedimento. Poi abbiamo riso, stremati, sul pavimento di casa.

Sorrido anche adesso, e bevo un sorso di vino. Poi non sorrido più. Guardo il libro che sto leggendo, è pieno di note a margine, scritte a matita da mia madre. *Queste roselline rosse sono le sole che sanno appassire con grazia: non avvizziscono, si disfano.*

Tutto sembra deporsi, tutto sembra sparire.

Un petalo di tulipano cade in una danza aerea, inesorabile.

Vado a letto, sono stanca.

Il lenzuolo fresco mi dà un brivido sulle cosce.

Mi giro sul lato sinistro, e mi addormento.

*Le vetrate abbracciano la stazione di testa, alla Gare de Lyon.*

*L'altoparlante annuncia il treno in arrivo, mi preparo a uscire. Rassetto il letto, per abitudine, mi lavo le mani e passo una salvietta sul viso. Il treno si ferma, prendo la valigia e scendo.*

*Le persone si muovono rapide, nel formicaio degli arrivi. Sento l'odore saturo di carburante, il caffè, un dopobarba ordinario. Tutte quelle giacche con le spalline.*

*Cerco il biglietto nella borsa e rileggo l'indirizzo, mentre comincia a piovere.*

*La scala mobile mi porta nella piazzola del metrò, un manifesto enorme con la faccia di E.T. col dito puntato è proprio di fronte ai binari. Entro in una carrozza di coda, sento di nuovo gli odori, sigarette, nafta, pane, gli umori del corpo. Un ragazzo seduto di fronte mi sorride, ha la pelle olivastra e i denti bianchissimi, gli sorrido anche io. Mi aggiusto la gonna beige che spunta fuori dal cappotto. Le calze sono verde petrolio, le scarpe nere.*

*Guardo i piedi, li osservo con attenzione, li muovo. Non ho mai avuto queste scarpe.*

*Scendo a Saint-Michel e mi infilo in rue Saint-Séverin, ha quasi smesso di piovere.*

*Sotto il portone, accanto a una vecchia brasserie, mi aspetta l'uomo con le chiavi. Prende la valigia, è gentile, mi accompagna su per le scale. Apre la porta e mi mostra la stanza. L'appartamento è una stanza, più una cucina microscopica, e un bagno. L'uomo saluta, e se ne va.*

*Quando resto sola mi siedo su una sedia gialla, la luce entra obliqua da un abbaino, il frigorifero fa un ronzio continuo che riempie la camera.*

*I fiori sono nel vaso sul tavolo, gli asciugamani impilati al bordo del letto. Il telefono con il filo attorcigliato sul mobile basso, dove c'è una vecchia radio a transistor.*

*E lo specchio.*

*Mi guardo allo specchio.*

*Sono io, vestita con gli abiti di mia madre, in un'altra vita.*

La mia casa al mattino si riempie di luce, quando mi alzo mi fermo sempre davanti a un bozzetto di Casorati che ho appeso nel corridoio, la bambina seduta che guarda altrove. Mia madre diceva sempre che quella bambina le ricordava me. La figura esile che si torce verso destra, il viso smunto, assorto. Sì, forse un po' mi somiglia.

Chissà che giornata era, quando l'artista l'ha disegnata, che luce vedeva dalle finestre, se c'era silenzio, e se magari era felice. Mi capita sempre, davanti a un quadro, di immaginarmi la vita che c'è, nelle stanze, dietro le finestre battute dal sole, nei piccoli movimenti, come se quella vita continuasse a esistere oltre il riflesso del vetro.

E così mi abbandono, mi lascio avvolgere nell'estasi di quell'inganno felice, è un'ebrezza che non so descrivere.

Manuela telefona ogni mattina, prima di andare al lavoro, mi racconta dei figli, di Luciano, da cui sta per separarsi, e una serie di cose confuse, di tradimenti e vendette. Le voglio bene, lei me ne vuole, ma quando sento la sua voce vorrei riattaccare piano e non parlare più.

«Viola, è la maniera migliore, credimi… loro vengono la mattina presto, portano scatole, imballi tutto quello che serve e nel giro di mezza giornata svuotano tutto.»

«Non lo so, prima devo fare una cernita…»

«E allora falla, ti aiuto io se vuoi. È un anno che la casa di tua madre è chiusa, e fin quando sarà in quelle condizioni, la tua testa ci tornerà. È un circolo vizioso, te ne rendi conto?»

«Sì.»

«Ci vediamo domani e ci andiamo insieme?»

«Domani?»

«Viola…»

«Va bene… ti chiamo più tardi e ci mettiamo d'accordo.»

«Sicuro?»

«Giuro. Più tardi ti chiamo.»

Sono arrivate le rondini, le vedo scendere a precipizio, disegnare parabole perfette. Mi ricordo che una volta una si infilò in casa, sbatteva sulle pareti e non riusciva più a uscire, io avevo forse cinque anni e scoppiai a piangere. Mia madre la catturò con un retino per le farfalle, mentre giaceva per terra, stordita. Dopo un paio di giorni riprese a volare.

Finisco di bere il secondo caffè e vado a vestirmi.

Oggi ho una consulenza in studio, alle dieci. Un anno dopo aver aperto il laboratorio, decisi di cercare un compromesso tra la passione per i profumi, che di fatto era diventata il mio lavoro, e il senso di colpa per aver abbandonato il percorso di specializzazione come psicoterapeuta. Tutto nacque per caso, però, dopo aver letto un passo di un racconto di Italo Calvino, *Il nome, il naso,* che da allora ricordo a memoria come un mantra: *Come potevo descrivere a parole la sensazione languida e feroce che avevo provato la sera prima al ballo mascherato quando la mia misteriosa compagna di valzer aveva fatto scorrere lo scialle di velo che separava la sua bianca spalla dai miei baffi e una nuvola striata e flessuosa m'aveva aggredito le narici come se stessi aspirando l'anima di una tigre? [...] Era appunto questo che io chiedevo. Dare un nome a una commozione dell'olfatto.*

Fu una specie di rivelazione. La commozione dell'olfatto. Gli odori hanno il potere straordinario di raccontare le emozioni, senza passare attraverso le regole dell'intelletto, senza dover entrare nelle strettoie della mediazione linguistica. Ecco, volevo studiare il modo di usare questo potere, e cercare di aprire alcune stanze segrete dell'inconscio.

E così mi misi di nuovo a studiare, elaborando una sorta di strategia terapeutica, chiedendo a Marcello, e altri amici, di farmi da cavia. E alla fine un giorno uscii di casa con un pacco di locandine sottobraccio e le distribuii nei negozi del quartiere: *Il profumo delle Viole - bottega di memorie olfattive.*

Mi sentivo eccitata come una bambina. Cominciarono a farsi vivi i primi clienti, o forse dovrei dire pazienti, in realtà quasi sempre solo incuriositi dalla novità. E lentamente si sparse la voce. Sembrava quasi un gioco, ma quelle che stavo sperimentando erano vere e proprie sessioni di terapia, facevo annusare alle persone delle essenze e chiedevo loro di raccontare le sensazioni provate, gli odori liberavano emozioni prigioniere, dando accesso a quelle stanze che la mente non riesce ad aprire.

La mia prima cliente fu Alice, una settantenne con i capelli azzurro e fucsia, da ragazza era stata una figlia dei fiori. Negli anni Settanta aveva vissuto in giro per l'Europa insieme col compagno, a bordo di un furgoncino Volkswagen, e dentro quella casa mobile aveva partorito suo figlio.

Mi raccontò la sua storia, sembrava un film, e io le proposi di annusare alcune essenze. Lo fece, inspirando forte e chiudendo gli occhi. Dopo aver sentito l'ultima ampolla rimase in silenzio più a lungo, disse che quel profumo le ricordava qualcosa, ma non sapeva cosa. Poi i ricordi cominciarono a fluire. Le tornò in mente con chiarezza l'acqua di colonia che usava sua madre, *Eau de Cologne 4711*, e si ricordò dell'ultima volta che loro due si erano incontrate. Mentre parlava teneva gli occhi chiusi, rivedendo tutto, l'abito che indossava sua madre, l'espressione tirata del viso mentre la rimproverava, non poteva partire come una zingara e andarsene in giro per l'Europa con quello sfaccendato. Poi cominciò a ricordare anche il resto: la moquette azzurra del salone, il suono della pendola che Alice aveva sempre odiato, e quel profumo di agrumi, così intenso. Proprio quello che stava annusando nel mio laboratorio.

Aprì gli occhi e si mise a piangere. Ci aveva provato per anni, a piangere, pensando a sua madre, ma non c'era mai riuscita. E poi mi abbracciò.

Sistemo sul tavolino una fila di ampolle e una ciotola con i chicchi di caffè, la brocca con l'acqua e i bicchieri. Mi siedo sempre su una poltroncina, di fronte al divano di velluto dove siedono gli ospiti. Lo studio è separato dal laboratorio solo da una libreria a giorno, ma quando ricevo Marcello non c'è mai.

Alle dieci in punto squilla il campanello e vado ad aprire.

«Buongiorno...»

Si affaccia un signore robusto, con la barba appena incolta. Ha la carnagione olivastra, e una cicatrice, sopra l'orecchio sinistro, che sale fino sul cranio rasato.

«Si accomodi.»

«Grazie...»

«Vuol darmi il soprabito?»

«Sì...»

Avrà una cinquantina d'anni, sento il suo respiro in leggero affanno, ha un buon profumo, di cuoio e spezie. Come al solito c'è da vincere l'imbarazzo della prima volta che ci si incontra, provo a metterlo a suo agio, gli sorrido, poi appendo il cappotto e torno da lui.

«Raoul, dico bene?»

«Sì... Raoul Madi.»

«Bene, e io sono Viola, piacere di incontrarla.»

«Piacere mio.»

«Lei non è italiano?»

«Sono libanese. Ma sono anche italiano...»

«Certo...»

Ci accomodiamo uno di fronte all'altra, tiene le mani sulle ginocchia, di tanto in tanto le strofina sui pantaloni di velluto.

«Raoul, voglio che si senta tranquillo, non abbiamo fretta. Si prenda tutto il tempo che serve.»

«Sì...»

Verso l'acqua in un bicchiere e glielo porgo.

«Posso chiederle cosa l'ha portata da me?»

Lui resta qualche istante a riflettere, come se volesse formulare un pensiero preciso ma non riuscisse a farlo.

«Non... non so rispondere con esattezza.»

«Non deve rispondere se non ne ha voglia.»

«In verità ho fatto terapia per un po', diversi anni fa, ma non credo di voler intraprendere un percorso del genere... è che... sì, insomma... abito non lontano da qui, mi capita di passare davanti al suo laboratorio, e una volta ho visto una locandina in un bar. Mi sono incuriosito. Non lo so, diciamo che ho seguito l'istinto.»

«E cosa le ha detto l'istinto?»

«Quello che mi dice da un po' di anni a questa parte... di seguirlo, appunto, e se è necessario, di lasciarmi guidare.»

«Mi sembra un ottimo consiglio.»

«Già...»

Quando sorride il viso si illumina, toglie gli occhiali e li mette nel taschino. Beve un sorso d'acqua, ne verso un po' anche per me.

«Allora Raoul, quando vuole... io la ascolto. Mi racconti.»

«Sì... allora, provo a mettere ordine... io... soffro di disosmia, una disfunzione delle capacità olfattive. Sento gli odori, ma faccio fatica a distinguerli. A volte, invece, non sento nulla.»

«Mi dispiace. Ha questo disturbo sin dalla nascita?»

«No, la disosmia si è manifestata in seguito a un incidente occorso una decina di anni fa. A causa di una lesione cerebrale ho perso temporaneamente la funzione dell'olfatto. Per poi recuperarla, a tratti, con la terapia.»

Mentre parla, istintivamente, si accarezza la cicatrice sopra l'orecchio. È nato a Beirut, è venuto in Italia per studiare, una trentina di anni fa, si è laureato in matematica alla Normale di Pisa e poi si è trasferito a Milano, dove insegna Calcolo delle probabilità. Non è sposato ma ha una figlia che studia in America.

«E la madre di sua figlia?»

«Non c'è più. Sandra è morta alcuni anni fa.»

«Ah, mi... scusi... mi dispiace...»

«Vivo solo. Mi piace il mio lavoro, ma appena posso scappo dalla città.»

«...»

«Ho una barca. Sono uno skipper, e quando ho un paio di giorni liberi, preparo lo zaino e parto. Le piace la vela?»

«Mi piace nuotare.»

Adesso la mano è sul bracciolo, Raoul è meno teso. Ha le ciglia lunghe, più delle mie, gli occhi sono scuri, profondi. Poco dopo lo invito a tornare al motivo che l'ha spinto a venire da me.

«Credo che sia... un modo per mettermi alla prova.»

«Cosa intende dire?»

«Ogni volta che torno a Beirut avverto... una specie di scollamento. La mia terra è da sempre legata, per me, agli odori, il cedro, il lime, le spezie... solo che io non riesco più a sentirli.»

«...»

«È come una mutilazione...»

Parliamo ancora un po', poi gli chiedo di annusare alcune ampolle. Da quello che mi dice mi rendo conto meglio della sua situazione, è come se, ascoltando una musica, non riuscisse a cogliere le note più alte e quelle più basse. Tutto si addensa nei toni medi, diventando un unico suono compatto. Non sono affatto sicura di poterlo aiutare.

«Ho molto rispetto per il suo problema, Raoul, non vorrei che si creasse delle illusioni.»

«Non me ne creo da tempo, ormai.»

«Questa non è una strategia infallibile.»

Lui insiste, però, e alla fine decidiamo che un tentativo lo faremo.

«Andremo per gradi, allora, e vediamo come procede.»

«Per me va bene.»

«Possiamo incontrarci una volta alla settimana, e non faremo più di cinque incontri, a volte ne bastano anche soltanto un paio. Se dopo due settimane non avremo segnali apprezzabili, converrà fermarsi, non avrebbe senso proseguire.»

«D'accordo.»

Quando va via, lascia dietro di sé il profumo di

cuoio e spezie che probabilmente non riesce a sentire. E io mi sento un po' inutile, in questa stanza. Il cielo si è riempito di nuvole, e qui dentro si è fatto improvvisamente buio. Mi sembra di svanire, in questa penombra, in questo silenzio.

Spengo il telefono e lo poso sul tavolo. Sono sola, in questa stanza.

Prendo la borsa e vado in piscina, sono le dodici.

Quando nuoto non sento più nulla, stacco i contatti e mi concentro soltanto sulle vibrazioni dell'acqua, i piccoli spostamenti della corrente. E nella cadenza delle bracciate mi infilo nei pensieri degli altri. Mi sembra di vedere le case, le famiglie, gli amori, la noia. Mi sembra di essere loro. Forse è quello che so fare meglio: essere altro da me. Essere altrove.

Nello spogliatoio mi tolgo il costume e resto nuda, con le cosce sulla panca fredda, per un po'. Di fronte la mia immagine riflessa nello specchio umido, ho i capelli corti, i segni del costume tracciano linee a rilievo sul petto, i capezzoli si induriscono per il freddo. Mi alzo e faccio la doccia.

Guardo gli altri corpi, tutte le forme diverse dei corpi nudi. Chiudo gli occhi per qualche secondo, sotto il getto di acqua calda. A volte vorrei dimenticare di essere viva.

Nel pomeriggio continuo a lavorare con Marcello alla fragranza di vetiver. Ho ancora le mani livide, i polpastrelli aggrinziti, lui lo nota, mentre gli passo il contagocce. Tutto bene, mi chiede. Tutto bene, è il colore delle mie mani.

«Non sarà il caso di trovarti un uomo?»
«E che c'entra questo?»
«C'entra.»
«Marcello…»
«Sei sempre sola, passi le giornate a fare sempre le stesse cose. Che vita è?»
«Faccio quello che ho sempre fatto.»
«Appunto. Non vedi nessuno.»
«Marcello, a volte non ti sopporto proprio.»
«Per quanto tempo… hai intenzione di andare avanti così?»
«Ma così come? Che stai dicendo?»
«Quanto ancora hai voglia di punirti, Viola?»
«Punirmi?»
«Sì punirti, sai perfettamente cosa voglio dire.»
«No, non lo so. Dimmelo tu.»
«Viola…»
«Dimmelo! Avanti, cazzo, dimmelo!»
Sta per aprire bocca, ma non lo fa. Si passa la mano sulla fronte. Poi respira profondamente.
«Va bene, finiamola qui.»
«Ecco, meglio…»

Ci concentriamo sugli olii essenziali.
Vorrei dirgli che ha ragione. Non ho il tempo di trovarmi un uomo.
Non saprei neanche dove cercarlo.
Vorrei dirgli che non sono capace.
Forse non lo sono mai stata.

Quando ce ne andiamo lo abbraccio.
E lui capisce.

Questa inquietudine, un solletico sulla pelle, come prima di un esame, all'università. Mi muovo tra le lenzuola, mi rigiro, mi copro fino al collo, e mi scopro.

L'ansia dalle braccia scende vertiginosamente fino all'inguine.

Apro gli occhi, gli scuri lasciano entrare la luce dei lampioni, che taglia il soffitto e la parete di fronte. Guardo l'ora, e mi alzo. Sono un'ombra riflessa negli specchi notturni, cammino a piedi nudi e arrivo in cucina, faccio scorrere l'acqua e riempio un bicchiere. Mentre bevo sento l'acqua scorrere come un torrente, dentro di me.

Vado a sedermi. Le gambe aderiscono alla pelle screpolata della poltrona, mi aggroviglio, in questa nudità fredda, cercando un riparo delle mani, tra le cosce.

Vorrei trovare una scusa qualsiasi, per non andare domani, a casa di mia madre. Oggi, in realtà. Sono le tre e cinquantuno.

Fuori comincia a piovere, mi concentro sul rumore, il picchiettio costante sulla ringhiera. Chiudo gli occhi, e mi ricordo di quella volta al mare, in Bretagna, era la fine di aprile. Faceva freddo, sulla spiaggia c'eravamo solo noi due. Il cielo era gonfio, le onde schiumavano alte e cadevano, con un tonfo di metallo scuro. Mi piaceva e mi faceva paura. È stata l'unica volta che siamo andate insieme in Francia, non ci è mai voluta tornare.

A un certo punto si sollevò dalla stuoia – alzati dai, facciamo il bagno – mamma sta piovendo – scrollò le spalle e non disse altro, tolse la gonna e la camicetta e rimase in mutande e reggiseno, e all'improvviso si mise a correre, entrò in acqua e si tuffò.

Io non mi mossi, la vidi nuotare in quel mondo invernale. E non riuscii a capire se fosse felice, o disperata.

Ho freddo. Prendo la coperta azzurra e mi avvolgo.

Alle dieci in punto ci vediamo al bar e prendiamo un caffè, il terzo per me. Manuela ha lisciato i capelli con la piastra, la tinta color miele. Guardo i nostri visi, riflessi dietro il bancone, tra le bottiglie di Cinzano, i miei capelli stanno ingrigendo, ma non voglio tingerli più.

«Okay, ti metti con una tipa di ventotto anni, mi sta bene. Anzi chi se ne frega. Ma magari evita di farla girare per casa mentre ci sono i tuoi figli. Giusto?»

«Sì...»

«Che poi, casa... dico casa ma quello è un residence di merda con i soprammobili di plastica, anonimi, una roba finta capito? Mi ha massacrata per anni perché diceva che non avevo gusto, non avevo attenzione per i dettagli, non sapevo innamorarmi della bellezza, e capivo solo lavoro, lavoro e lavoro... e poi? Finisci in una casa di plastica con dentro i quadri finti di Dalì?»

«Manu... ma che te ne importa, ormai?»

«Come che me ne importa?»

Saliamo a piedi. Il corrimano gira intorno alla gabbia dell'ascensore, rivedo mamma che scende le scale, invecchiata di un secolo in pochi mesi. La mano afferra il corrimano per non cadere. Poi mamma sparisce, non la vedo più, resta solo una punta secca nello stomaco.

Sul pianerottolo, dopo la pioggia il sole diffonde i raggi sulle pareti, gli stucchi diventano candidi come meringhe. Questa è la luce gloriosa degli invincibili. Lo diceva sempre.

Faccio girare tre volte la chiave e apro.

Metto un passo all'interno e mi assale l'odore. Manuela è dietro di me, mi accarezza la schiena. Andiamo ad aprire le finestre e le imposte.

Facciamo un giro per le stanze, senza dire nulla. L'inquietudine delle cose ammassate sugli scaffali, in quella folla di mondo, le porcellane di Baviera, i vetri di Murano, le bambole a intaglio comprate in Olanda. Per un istante penso che dovrei riempire dei sacchi e buttare tutto in un cassonetto, le cornici con le fotografie di New York, il manifesto del Bauhaus, il bastone dello sciamano della Namibia, la lampada liberty comprata a Vienna. Via, tutto via. L'oltraggio delle vite che smettono di esistere e lasciano questo deserto di oggetti. Non riesco che a provare rabbia, per la morte, la malattia, la fine.

«Viola...»
«Sì...»
«Ci sei?»
«Sì... scusa.»
«Partiamo dallo studio, che dici?»
«D'accordo.»

Mia madre ha insegnato italiano e storia per quarant'anni al liceo, ha scritto saggi e collaborato a riviste internazionali, ha lavorato fino all'ultimo, non è mai andata in pensione. Oggi mi chiedo se quella dedizione assoluta abbia mai avuto un senso. Non sono capace di dire quanto abbia vissuto davvero.

C'è una libreria piena zeppa di volumi, una cassettiera industriale e una madia, e una folla di soprammobili sulla scrivania, pile di riviste, un appendiabiti da cui piovono decine di cinture, catene di ottone, borse a tracolla, cappelli. E il ficus che arriva quasi al soffitto.

È morto, non l'ho più innaffiato, non ce l'ho fatta. È un gigante secco, senza vita.

Le pareti sono tappezzate di quadri, litografie, disegni. I manifesti di William Klein al Moma di New York, Kounellis e l'arte povera all'Ermitage, la *Dama con l'ermellino* al Museo Nazionale di Cracovia. Un universo di vite trascorse a viaggiare, vedere, scoprire.

Mi viene in mente la prima volta che mamma mi portò a Firenze, forse avevo cinque anni. Mi lasciò libera di muovermi per le sale, dovevo giocare con l'arte, la pittura, la scultura, diceva così.

E io mi persi. Mi ero attardata davanti a un'opera di Artemisia Gentileschi, *Giuditta che decapita*

*Oloferne*, nella sala dedicata a Caravaggio. La spada che taglia la gola, il sangue che schizza e scende a rivoli sul collo e impregna il materasso, ero ipnotizzata dall'orrore, inghiottita in quello stesso buio in cui affondavano le figure. Mi voltai e mamma non c'era più. Mi guardai intorno, e scoppiai a piangere, uno dei custodi mi prese per mano e mi accompagnò a cercarla.

Quando la trovammo le corsi incontro, con ardore melodrammatico, e lei mi abbracciò forte.

Più tardi mi raccontò la storia di Giuditta, giovane ebrea di Betulia, e del suo gesto eroico.

«E così si presentò all'accampamento di Oloferne, il crudele capo dell'esercito nemico e fece finta di volersi alleare con lui.»

«E poi?»

«E poi cenarono insieme e lui si ubriacò.»

«E poi?»

«E poi lei gli rubò la scimitarra e lo uccise.»

«Perché?»

«Perché lui era crudele e lei voleva liberare il suo popolo.»

Ci impiegai un po' a capire chi era buono e chi cattivo, avevo ancora negli occhi il volto di Giuditta e gli schizzi di sangue sul petto. Ho passato l'infanzia tra i quadri, nei musei, nelle gallerie, alla scoperta dei misteri delle città. Abbiamo viaggiato insieme, per tutta la vita, non so se sarò capace di farlo ancora.

All'una ce ne andiamo. Sistemiamo nell'ingresso alcune scatole coi libri, e una decina di sacchi di roba inutile, da buttare via. Il portinaio che ci ha aiutate a spostare il ficus, si occuperà di portare i libri in parrocchia e di buttare il resto più tardi.

Ho trovato in un cassetto una scatola rivestita di un velluto liso, ci sono lettere, fotografie, un paio di audiocassette. Una polaroid in cui mamma ride un po' brilla, in un caffè all'aperto. Avrà poco più di vent'anni, non l'avevo mai vista.

Porto la scatola con me, ma poi penso che non ho voglia di leggere quelle lettere. La rimetto nel cassetto.

Quando ci salutiamo Manuela mi abbraccia.

«Hai visto tesoro? È andato tutto bene. Domenica prossima torniamo e andiamo avanti, che dici? Tanto i bambini vanno in campagna con Luciano e io sono libera.»

«Manu, non ti preoccupare…»

«Non mi preoccupo affatto.»

Mi dà un bacio e si allontana, con i suoi capelli perfetti. Mi guardo intorno, la strada, i negozi, i rumori della consuetudine quotidiana. Tutto mi pare estraneo, lontano.

Vado in piscina, infilo il costume ed entro in acqua. Non sento le voci, non c'è più nessuno intorno a me.

Penso soltanto a una cosa, per quaranta vasche.

Quando finisco, torno a casa di mia madre.

E prendo quella scatola.

Ho vissuto in un appartamento a pochi metri da quello di mia madre, fino a due anni fa, quando mi sono decisa a cambiare aria. Mi sono innamorata di questa casa, quella in cui vivo, nell'attimo esatto in cui ci ho messo piede. Non è piccola, non è grande, due balconi si affacciano sull'interno e una terrazza sull'esterno. Il giorno dopo averla vista ho fatto un'offerta all'agenzia e dopo tre mesi la casa era mia, i lavori sono durati sei mesi. Ci sono entrata poco prima di Natale, e ho festeggiato nella casa vuota.

A volte penso di averne abbastanza della mia vita solitaria, ma poi non faccio niente perché qualcosa cambi, non succede mai nulla. Gli uomini che ho incontrato sono delle comparse, non ricordo niente di loro. Se mi concentro sui visi, i lineamenti si confondono. Non credo di aver mai amato nessuno. Anzi ne sono certa.

Alle otto passa a prendermi Marcello, andiamo a teatro. Ho messo un tubino aderente, e gli orecchini di perle. Marcello ci tiene, gli piace vedermi elegante.

Quando scendiamo dal taxi il sole è appena tramontato, restano solo i riflessi rosati sulle pareti dei palazzi.

«Mi invidieranno tutti. Sono un uomo fortunato.»

«Puoi ben dirlo, tesoro.»

Infilo il mio braccio sotto il suo, mentre ridiamo e ci avviamo all'ingresso, è una serata tiepida, sta arrivando la primavera. Marcello ha prenotato due poltrone in platea, prima di sedermi tolgo la giacca e resto con le spalle scoperte, lui è impeccabile, come sempre. Dimostra quindici anni di meno, le donne lo guardano sempre, gli uomini pure.

«E questo anello?»

«Ah sì… non lo metto mai. Era di mia nonna.»

«È meraviglioso.»

Mi prende la mano e lo osserva ancora.

«Hai proprio le stesse mani di tua madre.»

La pianista entra in scena tra gli applausi, porta un abito rosso senza maniche e un fiore, anche quello rosso, a fermare i capelli. Si siede sotto una luce minima, accanto al pianoforte un quartetto d'archi, ogni elemento in un piccolo cono di luce.

E così comincia il concerto. Tutto parte pianissimo, un suono quasi impercettibile, e poi cresce, il suono si fa pieno, potente. E a un certo punto, non so perché, mi viene da piangere. Mi soffio il naso, Marcello mi guarda, gli sussurro che devo essermi raffreddata, la piscina oggi era gelida. Chiudo gli occhi, come facevo da bambina, quando mamma mi portava ad ascoltare i concerti, e poso la testa sulla sua spalla. I pensieri si affollano, seguendo le note, i crescendo, i silenzi, e in quella moltitudine mi sento sperduta e incantata e, non so perché, mi ricordo di quel boschetto sulle rive dell'Oglio, quando giurai di aver visto le fate. Erano libellule, grandi, sfioravano il pelo dell'acqua e restavano sospese, poi ripartivano velocissime. E sparivano.

Seguo la melodia con le dita, istintivamente, ho smesso di studiare il pianoforte poco prima del diploma, ero brava, così diceva il mio maestro, avrei dovuto continuare, magari provare la carriera concertistica, me lo ha ripetuto spesso negli anni. E invece mi sono fermata, pietrificata nel mondo assolato dell'adolescenza, trascinata nelle sabbie mobili di una solitudine compiaciuta, nel mio non essere altro che recipiente di altre vite. Mai viva, io stessa, mai presente.

Prima di tornare a casa ci fermiamo a bere qualcosa in un locale. Marcello, come Gatsby, sorseggia un Gin Rickey, sui polsini luccicano i gemelli di Cartier. Io bevo un Negroni, che mi stordisce sempre un po', le voci intorno, le risate, si fondono in un unico strepito che satura quell'ambiente in penombra.

«Non sei raffreddata tesoro...»

«No... un po'.»

«Posso sapere?»

«No, davvero, non è successo nulla.»

«...»

«Ho trovato una cosa, nello studio di mamma.»

«Cosa?»

«Una scatola, piena di lettere, fotografie. Non ho avuto il coraggio di leggere niente. C'è una foto... scattata a Parigi. Si vede mamma brilla, sta ridendo.»

«...»

«Era così bella...»

«Era bella, sì.»

«...»

«Perché non vuoi leggere le lettere? Di cosa hai paura, Viola?»

Bevo un sorso, sento l'alcol accendere la gola e lo stomaco. Non so perché lo dico, non riesco a non dirlo.

«Ho paura di vederla felice.»

Marcello mi riaccompagna a casa in taxi, mi tiene la mano, tutto il tempo. Poi mi saluta e mi bacia sulla fronte. Sono quasi le due.

Mentre mi avvio al portone sento l'auto che riparte, la guardo sparire in fondo all'isolato. È trascorso un anno da quando mamma è morta. Senza Marcello questo tempo sarebbe stato impossibile da sopportare.

Apro la porta, e mi tolgo le scarpe. Poi l'abito, lo lascio cadere per terra.

Vado in bagno, faccio la pipì, mi lavo i denti, mi strucco. Metto una crema sul viso e massaggio le guance, la fronte, il collo. Mi guardo allo specchio, sotto la lampada.

Tolgo gli slip e li metto nella cesta, e vado in giro nuda, come faccio spesso, in questa casa.

Mi avvicino alla finestra che si affaccia sulla terrazza e guardo fuori, le finestre di fronte sono quasi tutte spente, non vedo nessuno. Eppure qualcuno mi starà guardando adesso, mentre sono nuda, nella casa vuota.

Lascio che mi guardino.

Mi siedo, mollo la stretta dei pensieri, sento aderire la coscia sulla pelle della poltrona. All'inizio è fredda, ho la pelle d'oca, i minuscoli peli del pube restano eretti per qualche istante.

Li accarezzo.

Mi accarezzo.

Poi spengo la luce.

*Ho un appuntamento. Non sono sicura di sapere con chi.*

*So che cammino all'imbrunire, sento l'odore di pioggia, distintamente.*

*Percorro rue Saint-Séverin fino in fondo poi giro per Saint-Julien-le-Pauvre, e alla fine mi ritrovo davanti a Shakespeare and Company.*

*Entro e mi guardo intorno, riconosco il disordine degli scaffali, la poltrona verde smeraldo, le pareti tappezzate di volumi. Prendo un libro e lo sfoglio, è un'edizione in lingua originale di* Mrs Dalloway. *Rileggo l'incipit che conosco a memoria:* «Mrs Dalloway said she would buy the flowers herself».

*Che meraviglia questa frase semplice, apparentemente innocua. Questo dolore così lieve.*

*Ho sempre pensato che per lei comprare i fiori non fosse un gesto futile, ma un atto di resistenza, un modo di mostrarsi al mondo.*

*Qualcuno mi picchietta sulla spalla, mi volto.*

*«Georges...»*

*Ci abbracciamo. La giacca è impregnata di un odore acre.*

*«Che bella che sei. Come stai? Quanto tempo è passato?»*

*Quanto tempo è passato?*

*Mi prende sottobraccio e mi porta fuori, mentre scende*

*una pioggia leggera. Sento la mia anima dilatarsi e farsi doppio, nel respiro. È come se potessi vedermi, scollata dal corpo, camminare stretta a lui, ridere, dire cose che non riesco a sentire. Parole che si disperdono nel vociare liquido della sera.*

*Poi entriamo in un piccolo ristorante pieno di gente, il fumo, i rumori, la musica. Al pianoforte una donna grassa e agilissima suona* My Baby Just Cares for Me.

*Ci sistemiamo in un tavolino vicino alla vetrata, ordiniamo una bottiglia di vino rosso. Georges riempie i bicchieri, quasi fino all'orlo, facciamo un brindisi al nostro incontro.*

*«Giura che non sparisci anche questa volta.»*

*Quando sono sparita?*

*Ma chi sei Georges? Chi sono io?*

*Parliamo, ridiamo, mi racconta dei suoi studi, mi chiede dei miei. Finiamo la bottiglia.*

*Quando usciamo le strade sono deserte, camminiamo ancora e lui accende una sigaretta, poi me la passa, inspiro profondamente e soffio il fumo che si disperde nell'aria.*

*Attraversiamo le Petit-Pont e ci fermiamo davanti a Notre-Dame. Non c'è nessuno.*

*Georges mi abbraccia. Sento il suo odore.*

*Sono felice.*

*Mi sembra di essere felice.*

All'alba i gatti dormono tutti ammassati nel cortile, e le magnolie si svegliano, in quella luce ramata che mi piace così tanto. I tetti delle case piovono verso l'oscurità delle facciate.

Ho freddo alle gambe, bevo il caffè, affacciata alla finestra che dà sull'interno, tengo la tazza stretta tra le mani.

Quando ero bambina mi svegliavo spesso prima dell'alba e andavo a sedermi davanti alla veranda della cucina, su una piccola sedia impagliata. Mi coprivo con una coperta di ciniglia, che devo avere ancora da qualche parte, e subito dopo mi riaddormentavo. Era un rituale da sonnambula, mia madre mi ritrovava arrotolata nella coperta celeste, e mi riportava a letto.

È sempre stata lei a raccontarmelo, io conservo solo l'immagine di me, riflessa nel vetro, infreddolita, prima che arrivi la luce.

Accendo il telefono, scorro i messaggi senza leggerli. Verso ancora po' di caffè e mangio un biscotto con la marmellata.

Sistemo il letto, mi lavo i denti, ed esco.

Fuori è giorno, ormai. I cani sgambettano nel parco, con aria di questura, le gazze saltellano, alla ricerca di molliche. Ogni venerdì penso che domani è sabato, e bisognerà riempire questo tempo. Una volta c'erano le gite, i musei, i film visti al primo spettacolo, nel pomeriggio, quando i cinema erano quasi vuoti. Sembra trascorsa un'era glaciale. È poco più di un anno.

Arrivo in laboratorio e mi preparo, dobbiamo spedire i campioni a Parigi. Marcello ha portato i croissant e due caffè americani.

«Tesoro, sei magrina. Stai mangiando?»

Sei magrina. Mamma lo diceva sempre, quando ero piccola.

«Gesù, adesso cominciamo col fatto che non mangio? Certo che mangio. E magra lo sono per costituzione, lo sai.»

«Guarda quei jeans...»

«Cos'hanno i miei jeans?»

«Prima ti fasciavano il sedere, adesso ci sguazzi.»

«Vuoi dire che ho un brutto culo?»

«Avresti un culo bellissimo, tesoro mio, se mangiassi un po' di più.»

Mangio lo stretto necessario, da un anno mi si è chiuso lo stomaco, il cuore. Faccio quello che devo, ma non so più quello che voglio.

«Allora, dimmi del tipo.»

«Che tipo?»

«Quello che hai incontrato, per la consulenza.»

«Guarda che non era un appuntamento romantico. È lavoro.»

«Va bene, ma com'è?»

«Dio santo… non lo so… è alto.»
«Quanto me?»
«Un po' di più.»
«Quindi è molto alto. Bene. E poi?»
«Okay, è un bell'uomo.»
«Ha un buon odore.»
«Come lo sai?»
«Tesoro, stai davvero chiedendo a me come lo so? Usa un'essenza di cuoio irlandese, leggermente speziata. Le sue particelle odorose galleggiano ancora, in questa stanza.»
Marcello sorride, gli sorrido anche io, mentre bevo il mio terzo caffè.
«Quando vi rivedete?»
«Non ci *rivediamo*. Verrà per la terapia, la prossima settimana.»
«È un buon inizio.»
Prova a farmi fidanzare con chiunque, da quando ci conosciamo. E io lo deludo, ogni volta.
Mia madre invece non mi ha mai fatto domande, l'argomento *miei fidanzati* non è mai stato oggetto di conversazione. Non abbiamo mai avuto una grande confidenza sugli amori, i miei e i suoi, non ho mai saputo chi frequentasse, quando ero piccola, e anche dopo. La vedevo uscire e tornare, mai con qualcuno.
Finiamo di lavorare per le dodici, Marcello ha un appuntamento per pranzo ed esce, io sistemo le provette in una scatola di cartone, poi compilo il modulo per la spedizione. Mi siedo in cortile e accendo una sigaretta, ho il naso intasato dalle essenze, non sento neanche il fumo, abbiamo mon-

tato e smontato la fragranza decine di volte, si radica nell'olfatto lentamente, ma poi persiste.

I rampicanti risalgono le pareti segnando geografie accidentate, un piccolo geco è pietrificato da mesi sull'intonaco, non ho mai avuto il coraggio di strapparlo dal muro.

Spengo la sigaretta, e rientro, assalita da un pensiero molesto. Mia madre fumava quasi due pacchetti di sigarette al giorno.

Poco dopo il corriere viene a ritirare il pacco, è un ragazzo minuto con gli occhi vispi, la divisa arancione. È gentile, mi sorride, gli sorrido anche io. Per qualche istante, quando incontro una persona gentile, mi chiedo che vita faccia, per esempio come trascorre le domeniche, o se prende un autobus per tornare a casa dopo il lavoro. Magari lui studia ancora, sta per laurearsi e smetterà di fare il rider per dedicarsi alla sua passione. Non lo so.

Quando chiudo la porta mi volto a guardare il laboratorio, oltre la finestra un furtivo raggio di sole fa brillare le foglie. E senza che ci sia un motivo, tutto mi ritorna addosso.

Mamma si è ammalata all'improvviso, è morta nel giro di pochi mesi, senza avere il tempo di prepararsi, senza darlo a me. Si è spenta, inaridendo ogni fibra, e io ho assistito inerme, ogni giorno, fino all'ultimo istante.

Poi la sofferenza si è trasformata in un sentimento incolore, un ronzio dell'anima.

E infine il silenzio, questo silenzio, dentro di me.

Chiudo gli occhi e li riapro. Sento i rumori della piscina, intorno a me.

Quando nuoto a dorso vedo le travi di acciaio della copertura, così in alto da essere quasi cielo. Il costume vibra di riflessi luminescenti, emerge dall'acqua e sparisce.

Dio è quel cielo di metallo, sopra di me, il mio Dio amato, che non esiste.

Ho letto da qualche parte una frase di Dumas: *l'unica felicità reale è quella di cui ti accorgi mentre la vivi.* Mi chiedo se mi sia mai successo, di essere felice, e di cosa sia capace di accorgermi adesso, in questa narcosi, in questo mio stare al mondo, dimagrita nell'anima.

Mentre mi avvio agli spogliatoi la mia immagine nel riflesso della vetrata si assottiglia, svanisce.

Poi faccio la doccia, una ragazza mi chiede il bagnoschiuma. È molto bella. Mentre si lava le guardo le spalle, i glutei tondi e sodi, le gambe, e per un attimo sento un brivido. Cosa ne so io del corpo, del mio corpo, dei corpi degli altri, quanto sono capace di vedere, di toccare, quanto lo sono mai stata. Ci asciughiamo, infiliamo mutande, reggiseni, parliamo. Valeria ha ventisette anni, insegna musica in una scuola media, in autunno si sposa con Cinzia, mi dice. Magari, se ho voglia, possiamo bere una birra, una sera di queste. Le rispondo di sì. Sorride.

Quando se ne va resto davanti allo specchio.

Domani ho quarant'anni.

Stasera esco, da sola, e vado in un locale.

Ho un vestito nero, bevo due gin tonic, voglio

aspettare la mezzanotte, per berne ancora. Per festeggiare.

Intorno solo volti sconosciuti, un tizio mi fissa dall'altra parte del banco. Si avvicina e parliamo. Non ricordo quello che dice, forse non mi dice nulla. Lascio che si avvicini ancora, e mi baci. Lascio che mi tocchi.

Ce ne andiamo in silenzio, senza intimità, ed entriamo in una camera di nessuno. Non accendiamo la luce, sento puzza di sudore, di letti usati.

Sudiamo anche noi, mentre restiamo avvinti. Schiaccia la sua bocca sulla mia, sento i suoi sapori, che mi lasciano indifferente, mi penetra con rabbia, si prende tutto quello che può. E io resto ferma a guardare il buio, mentre un cane guaisce lontano.

Immobile, mentre il suo cuore batte veloce sul mio petto.

Poi tutto finisce.

Mi vesto e vado via.

Mentre la città brucia.

Il lampadario ruota.

Apro e chiudo gli occhi.

Ruota su sé stesso come una trottola.

Ho ancora addosso il vestito, le calze filate, sento l'alito acre della notte.

Frugo le lenzuola, per cercare il telefono, allungo la mano sul comodino. Un bicchiere rotola sul pavimento, ma il tappeto ammortizza il suono, non si rompe.

Alla fine lo trovo, sono quasi le dodici.

Scorro i messaggi, buon compleanno Viola. Fiori, fiorellini, sorrisi. Mi bruciano gli occhi. Il lampadario continua a girare.

Vedo cinque telefonate di Marcello.

Avrà pensato che sono morta.

Forse sì, sono morta.

Poi squilla.

Non rispondo.

Non smette di squillare.

Mi schiarisco la voce e rispondo.

«Viola...»

«Ehi...»

«Ma dove sei?»

«...a casa.»

«Gesù, ma perché non rispondi, mi hai fatto spaventare.»

«...non ho sentito.»

«Che voce hai...»

«Che voce ho?»

«Stai male?»

«No Marcello... non sto male... devo ancora prendere il caffè... e poi... ti prego... tutte... tutte queste domande...»

«Tesoro, cosa succede?»

«Niente... dio santo... non succede niente!»

«Vengo da te.»

«No.»

«Sono a dieci minuti da casa tua. Vengo.»

«No.»

Riattacca. Mi alzo, barcollo, mi spoglio e metto il vestito nella cesta della biancheria. Ho la nausea, la testa che mi scoppia. Infilo una tuta e preparo il caffè, mi siedo davanti alla finestra, in adorazione di nulla, poi guardo l'albero che svetta verso il cielo. Non sappiamo nulla degli alberi, del mistero di come facciano a vivere senza che qualcuno si prenda cura di loro. Penso alla sensazione solida di essere corteccia. È una cosa bella a cui pensare, sì.

Marcello arriva dopo pochi minuti, bussa ed entra. Ha le chiavi. Viene in cucina e mi guarda con gli occhi allarmati.

«Gesù... sto bene, ho solo bevuto un po' ieri sera.»

«Un po'?»

«Marcello... ti prego.»
«Ti riempio la vasca.»
«No.»
«Ti fai un bel bagno.»
«No, ti prego. Adesso faccio una doccia e passa tutto.»

Se ne frega, come al solito. Sento scorrere l'acqua, quando la vasca è piena torna in cucina, mi prende per mano.

«Ci ho messo l'olio essenziale al bergamotto. Forza bambina, andiamo.»

Forza bambina. Stacco le cosce incollate sulla formica e lo seguo. Mi aiuta a spogliarmi, si accorge dei segni sul corpo, me ne accorgo anche io, solo adesso, entro nella vasca e lui si siede accanto, sul bordo. Mi accarezza il viso, e sorride dolcemente. Sorrido anche io, per come mi riesce. Mi stendo e mi immergo. L'acqua al bergamotto, è vero, è la mia preferita.

Il pianoforte suona le *Variazioni Goldberg*, Glenn Gould, Marcello sa esattamente quello di cui ho bisogno, sempre. Penso alla fortuna di averlo con me, nella mia vita, e mi viene da piangere.

Lui si allontana e poco dopo torna in bagno con un vassoio, un cappuccino con la schiuma, due fette di pane tostato con la marmellata, il tovagliolo di lino ricamato. Una rosa, dove l'ha presa?

«Come hai fatto?»
«Cosa?»
«Il cappuccino, l'apparecchio è rotto.»
«La spina.»
«La spina?»

«Bisogna inserirla nell'apposita presa. Pare che funzionino così gli apparecchi elettrici.»

Mi viene da ridere. Sono un disastro.

Bevo il cappuccino, mentre mi racconta di come andrà la giornata. Oggi si festeggia, è il mio compleanno.

«No, ti prego, stiamocene qui. Non mi sento di uscire.»

«Non esiste. Ho già preparato tutto.»

Ma non mi dice altro, è una sorpresa, dobbiamo festeggiare. Sospiro, profondamente. Lecco il cucchiaino, la marmellata di mirtilli mi pizzica il palato. Penso a questa cura, questa confidenza che ho smesso di avere con mia madre, da adolescente. Sono qui, nuda, nella vasca e lui è seduto accanto, come fosse lui, mia madre. Oppure mia sorella, mio fratello, mio padre. Oppure nessuno di loro, che non sono mai esistiti.

Marcello invece esiste, ha visto tutto, le cose belle, e quelle brutte, non mi ha mai giudicata.

Non mi chiede nulla di ieri, anche se ha capito. Gli voglio bene.

«Vestiti, dai.»

Mezz'ora dopo l'automobile corre tra le campagne, ancora bagnate dalla pioggia notturna. Marcello somiglia a Cary Grant, con gli occhiali scuri, tiene saldamente il volante della Giulia rossa.

Tutto brilla. Le foglie, l'erba, quel piccolo corso d'acqua che vedo per un istante. Tutto scintilla.

Arriviamo in poco più di un'ora. Il cancello si apre in mezzo a una macchia di vegetazione fittissima, quasi irreale. In fondo al sentiero si svela, dietro i cipressi, una villa del Seicento, con un portale magnifico.

«Ma dove siamo?»

«Vieni.»

Il parco è un miscuglio glorioso di geometrie e disordine. Una colonia di gatti occupa le postazioni di controllo, sono appostati nel giardino, sulle scale, sul davanzale delle finestre. Ci guardano uscire dall'auto. Davanti alla porta ci attende una signora anziana, vestita come una gentildonna di campagna, i pantaloni infilati negli stivali, e un maglione con la zip.

Le andiamo incontro, la ghiaia gracida sotto le suole. Marcello mi precede, si avvicina e la abbraccia. Restano stretti per un po', lui le tiene le mani e si dicono cose sussurrate, che non posso sentire, poi mi fa segno di raggiungerlo.

«Viola... la baronessa Settembrini...»

«Ma che baronessa, mi chiamo Ginevra.»

«Molto lieta...»

«...e non provare a darmi del lei.»

Ha appena compiuto novantadue anni, questo me lo dirà dopo, porta i capelli raccolti in una crocchia candida e fermati con una matita, come farebbe una ragazza, incorniciano un volto bello, la pelle è ancora liscia, tra le rughe. Ci fa strada con passo agile e sale i gradini che portano al primo piano.

«Non guardarmi così, ragazzina. Sono stata campionessa di salto in lungo, c'è mancato poco che partecipassi ai giochi olimpici di Londra, nel '48.»

«Accidenti!»

«Non ci credi?»

«No, ci credo. E perché non l'ha fatto… scusa… perché non l'hai fatto?»

«Colpa di mio padre, era un ufficiale dell'esercito e aveva ancora dei conti in sospeso con gli inglesi. Erano altri tempi.»

Ginevra non somiglia a nessuno. Anzi forse somiglia a un albero, con quella corteccia asciutta sulle guance. Marcello non mi ha mai parlato di lei, scopro che si conoscono praticamente da sempre, da quando lui era bambino. Giocava in quella casa, sua madre faceva la sarta, era la confidente segreta della baronessa.

«Mi dispiace, in casa c'è un po' di disordine, ormai qui ci sono rimasta soltanto io. I ragazzi vivono fuori, il grande a New York, la piccola a Barcellona.»

La piccola ha sessantasei anni, il grande più di settanta. Non vede i suoi figli da un pezzo, i nipoti americani li conosce appena, i pronipoti non sono mai venuti in Italia. Quando entriamo mi sembra di avvertire tutta l'energia della casa, qualcosa di vivo, di resistente. La trionfale bellezza degli stucchi, degli affreschi che adornano le volte del salone, e i segni di una quiete domestica, quotidiana. Tutto è ancora vissuto, imperfetto, familiare, nella sua cornice dorata.

Ci viene incontro un cane, scodinzolando, Ginevra lo accarezza con un gesto un po' rude.

«E lei è Nina. L'ho trovata due anni fa, sul ciglio

della strada, ridotta pelle e ossa. È un cane da caccia, il suo padrone, quel grandissimo stronzo, deve aver pensato che non fosse più abile per il suo lavoro. Non so tu, cara, ma io disprezzo i cacciatori. Forse perché a lungo ho disprezzato mio padre.»

«Non amo la caccia anche io.»

«Brava, tesoro. Andremo d'accordo.»

«E poi... hai smesso di disprezzarlo?»

«Chi, mio padre? Oh sì, alla fine ognuno è quello che riesce a essere. Credo che lui non sarebbe mai riuscito a essere meglio di così.»

Nina si struscia, si lascia accarezzare, mentre una gazza salta da una cornice all'altra della volta, sotto lo sguardo vigile di una coppia di gatti.

«La gazza vive in casa?»

«Vivono tutti dove vogliono. Virginia ed Emilio sono i genitori di tutti gli altri gatti che vedi in giro. Gli altri non te li presento, sono troppi.»

«Quanti sono?»

«Diciotto.»

Marcello scoppia a ridere. Anche Ginevra si illumina in un sorriso antico e complice, vedo tutta la sua giovanile e sfrontata arroganza. Poi ci spostiamo in un salottino, dove troneggia un lampadario di cristallo. Ginevra ha preparato un aperitivo, certe tartine disposte in cerchio su un piatto con la cornice d'oro, sembrano essere lì da sempre. Mi porge un calice, e ci invita a brindare.

«Allora Viola, Marcello mi ha detto del tuo genetliaco, quindi brindiamo, prima di mangiare, come è uso tra noi ubriaconi! Buon compleanno ragazzina!»

«Grazie... che bella... che bella sorpresa.»

Sì, si intuisce che debba avere una certa consuetudine con il vino, in giro c'è odore di cucina, di gatti, di cane bagnato, di freddo, di talco, di sigarette. Ma tutto è magicamente in armonia. Ci sediamo su un divanetto di velluto color porpora, consumato sui bordi, Ginevra si versa un altro bicchiere.

«Mi piace solo il vino bianco, sai? Non chiedermi perché. Lo bevo da quando ero ragazza, proprio ragazzina. Vino bianco e champagne. Leonardo dice che non devo esagerare e devo bere almeno due litri d'acqua al giorno, ma come si fa? È una cosa disumana.»

Leonardo è suo figlio, il medico, è appena andato in pensione.

«Mi ricordo la prima volta che un uomo mi ha versato una coppa di champagne. Avevo sedici anni, la guerra era finita da poco e mio padre mi aveva spedito con la tata in crociera, verso gli Stati Uniti, dove abitava parte della sua famiglia. La tata era una stronzissima, sempre vestita di nero. Lui si chiamava Lemond, lo ricordo ancora. Come ricordo il rollio dell'oceano, quella vista mozzafiato, e la sua mano sulla mia coscia.»

La osservo mentre sorseggia il vino. Non so perché, ma guardarla mi dà pace, forse vorrei essere come lei, diretta, vecchia, carnale, senza filtri. Eppure non so proprio nulla del suo tempo trascorso, del suo attraversare i mondi. Posso solo immaginarla, ragazza, con un vestito a fiori, una collana di perle, le mani curate, le sigarette nel portasigarette d'argento, la faccia dritta e sfrontata.

«Ricordo il profumo di Lemond, quando si avvicinò per porgermi il bicchiere.»

«...»

«*Old spice.* Lo conoscevo perché lo usava mio padre e perché avevo visto tante volte quella réclame con scritto: *If your grandfather hadn't worn it, you wouldn't exist.*»

Si mette a ridere. Poi comincia a raccontare di quando Marcello veniva in questa casa da piccolo, giocava insieme a Leonardo, alle cinque del pomeriggio la tata preparava la merenda, due fette di pan brioche col burro e lo zucchero, e una spremuta d'arancia.

«Ada era una cuoca spettacolare. Povera stella, è morta tre anni fa. Hassen invece cucina malissimo, prepara soltanto quelle insulse minestre da vecchi.»

Hassen vive nella dépendance, insieme con la moglie e la figlia di cinque anni. Si affaccia un istante per portare un'altra bottiglia di vino. Lui e Ginevra si scambiano un'occhiata complice e lui le riempie il bicchiere.

«Ma è un brav'uomo. Anche se non ha ancora imparato a parlare un italiano decente.»

Ginevra vive in questa casa da sempre. È sola, a parte i gatti, le gazze e il cane. A novantadue anni guida ancora l'automobile, una vecchia panda sgangherata, e va ogni giorno in paese per fare la spesa, oppure per una partita al circolo del teatro.

Gioca a poker, e mentre lo dice la vedo mescolare le carte, sul tavolo verde.

«Sono vecchia, mi stanco facilmente ormai. Che cosa volgare diventare decrepiti. Non riesco più a stare dietro alle proprietà, alle terre, ai vigneti, l'azienda produce ancora ventimila bottiglie l'anno, sai?»

«Caspita...»

«A proposito, ne ho preparata qualcuna per te da portare via.»

«Grazie.»

«Non mi devi ringraziare, ragazza. Non posso bermele tutte io.»

E si mette a ridere ancora, con quella risata grassa da fumatrice accanita. E infatti ne accende una, e inspira profondamente, poi soffia il fumo in una nuvola che resta sospesa sopra di noi. Tossisce e beve un altro sorso.

Ci porta a visitare la biblioteca, lo studio e il giardino d'inverno, così decadente. Mi guarda con ammirazione quando scopre che so distinguere la camelia dal rododendro. Poi ci porta sul retro della villa, c'è un parco meraviglioso in fondo al quale si intravede la vallata con le distese di vigneti.

«Ma che bellezza è questa?»

«Adesso capisci perché non voglio andare a vivere in città?»

«Certo...»

«E non hai visto ancora tutto, mia cara.»

Scendiamo le scale e percorriamo il viale, tra le siepi fiorite, in un tripudio di odori. C'è un giardiniere che si occupa di potarle, anche se Ginevra preferirebbe che crescessero selvagge. Dopo un centinaio di metri giriamo per un sentiero più stretto, in fondo al quale, circondato dai cipressi, si apre un labirinto vegetale. I ligustri, altissimi, segnano le geometrie del percorso. Che meraviglia. Mi viene in mente quella volta che mamma mi portò al labirinto di Villa Pisani, mi spaventai a morte. Avevo sei anni, pensavo di essermi persa e che lei non ci fosse più.

«Questo, da sempre, è il mio posto preferito. È rimasto tale e quale da quando ho memoria di me. Quindi un paio di secoli.»

Mi invita a entrare, poi mi lascia la mano. Proseguo da sola. Provo un'emozione quasi fisica mentre mi muovo nel luccichio delle foglie ancora umide, e alla fine arrivo davanti a un piccolo slargo. Al centro c'è un'uccelliera, forse ottocentesca, verniciata di bianco, con un tavolino di bambù e due sedie. Sul tavolino è posato un pacco rosso. Mi avvicino. Sul biglietto che pende dal pacco c'è scritto il mio nome, con quella grafia un po' svolazzante, che riconosco.

Mi volto e vedo Marcello che sorride.

Mentre rientriamo il sole tramonta. Sono stanca, ma sono viva, come non mi succedeva da tempo. Il pranzo, il caffè, i pasticcini, il parco, i racconti mirabolanti di Ginevra.

Le ore sono trascorse, come in certe giornate dell'infanzia, quando il tempo si dilatava negli spazi naturali, e io mi sentivo in armonia con tutto. Ginevra ci ha raccontato dei suoi amanti, e di come il barone, suo marito, abbia fatto finta per tutta la vita di non accorgersi di nulla. Ci ha detto di quella volta che, al ballo delle debuttanti, fu corteggiata per tutta la sera da un giovane ufficiale di famiglia reale, ma a lei piaceva la recluta che faceva il cameriere e finirono tutti e due a fare l'amore in uno sgabuzzino della Reggia di Venaria. Era il 1950, lei aveva diciotto anni.

Abbiamo riso, bevuto, e ancora riso, e adesso mi sembra di galleggiare, a forza di ridere e di bere quel vino bianco tutto il giorno.

Ginevra non ha ceduto un solo istante alla malinconia. Mi chiedo cosa si nasconda dietro questa forza instancabile, dietro il sorriso e la voce graffiata dal fumo.

Quando ho chiesto a Marcello perché non mi avesse mai parlato di lei, non mi ha risposto, anzi mi ha detto che, se per questo, non mi mai parlato di tante altre cose.

Guardo il vaso che mi ha regalato. I segni delle incollature sulla superficie di alabastro, le cuciture d'oro che lo hanno riportato in vita, dopo che si era rotto, alcuni mesi fa. Era di mia madre e quella sera non ho fatto che piangere come una stupida, mi sono sentita in colpa per averlo fatto cadere, non riuscivo a perdonarmi, ancora una volta.

Marcello raccolse tutti i pezzi e li ha conservati, senza dirmi nulla, poi ha cercato un'artista giapponese, che vive in Liguria, e le ha commissionato il lavoro. Tutte le linee di rottura sono d'oro zecchino, secondo la tecnica Kintsugi, e segnano una nuova armonia.

Non è più quel vaso. È un vaso nuovo.

Guardo Marcello che guida, e sento una specie di quiete.

Il sole è tramontato.

*Le nuvole corrono in cielo, argentate, sopra i tubolari di acciaio del Centre Pompidou.*

*Il vento mi solleva il soprabito, lo tiene sospeso per qualche istante, poi lo lascia cadere.*

*Sono venuta alla Cinémathèque Française e aspetto gli amici. Ci ho trascorso giornate intere. Sono sicura di averci trascorso giornate intere.*

*Un giocoliere fa volteggiare le clave, le palline piene di sabbia, le scarpe, gli ombrelli. Due ragazzi con lo skateboard scendono rapidissimi sulla spianata che si incurva in una superficie convessa. In tanti sono seduti per terra, mi siedo anche io.*

*Questo tempo mi ipnotizza, questa sospensione. La parete del Beaubourg, che molti dicono così fuori posto tra i tetti delle case di tre secoli fa, a me sembra invece indispensabile. La membrana trasparente rivela la struttura, la svela. E tutto sembra presente.*

*Come se futuro e passato si fossero incrociati, proprio qui, adesso.*

*Quando arrivano gli altri ci diamo tre baci a testa, e restiamo a chiacchierare. Poi ce ne andiamo in un bistrot.*

*Tutto quel fumo. Nelle mie narici, sui miei vestiti. Mentre parliamo, inalo gli odori e li scompongo, con un'attitudine quasi maniacale. Sento quello delle Gauloises, intenso, terroso, leggermente amaro. Azzaro, il profumo di Georges, con le note di lavanda, l'anice, il legno. E la miscela di spezie che arriva dalla cucina, il timo, lo zenzero, il curry, le note floreali dello zafferano. Mi sembra di essere felice, in questa confusione, mentre le voci si impastano tutte e mi gira un po' la testa.*

*Mi riempiono un bicchiere di Beaujolais Nouveau, e un altro ancora, ma non mi ubriaco. Non mi ubriaco mai. Un ragazzo sudamericano ci racconta di come ha attraversato il Cile in bicicletta, partendo da Punta Arenas, per arrivare fino a Valparaíso, tremila chilometri più a nord. Una coppia di indiani vogliono aprire un centro ayurvedico a La Chapelle, sono fuggiti da Jaipur, la capitale del Rajasthan, dove gli omosessuali rischiano fino a vent'anni di galera.*

*Poi una ragazza italiana ci dice che stasera, sul tardi, c'è una festa a casa di una sua amica. Può portare chi vuole, quindi se abbiamo voglia magari facciamo un salto, in quelle feste si sta stipati come sardine ma ci si diverte un sacco. Georges mi chiede se mi va. Io gli dico sì, perché no.*

*Poi mi sembra che le voci non suonino più, che tutto diventi muto.*

*Mi sembra che il mondo si svuoti.*

*Sono sola, dentro quel fumo.*

Quando mi guardo allo specchio mi scopro diversa dall'immagine che il mio cervello continua a trasmettere. La ragazza che è stata me si sovrappone all'immagine presente. Guardo le rughe sottili agli angoli degli occhi, le mani, la pelle del viso, i capelli, e mi sento in una terra di mezzo. Non è di invecchiare che mi preoccupa, ma di essere vicina a uno svelamento. Cosa potrebbe succedere se, alla fine, non riconoscessi più nessuna versione di me?

E così mi guardo, e non mi guardo, fingendo di esserci, di esistere.

Da ragazza ero quasi muta, custodivo segreti inesistenti, e dolori autentici, nella messinscena di una adolescenza malinconica e compiaciuta. Passavo giornate intere senza parlare, provando una affinità improvvisa per gli sconosciuti. Incrociando gli occhi di donne, uomini, ragazzi che non avrei mai più incontrato e regalando loro, per un istante, tutta la mia verità.

Non ho fatto mai entrare nessuno, nel territorio stretto dell'intimità. Tranne mia madre, forse. E non sono sicura di averlo voluto davvero.

Ero così, prendere o lasciare. Non dovevo essere

io a cambiare per essere accolta nel mondo, mi dicevo, era il mondo a dovermi accogliere. Ma il mondo se ne frega di me, se ne frega di tutti quelli che aspettano di essere accolti. Mi muovevo invischiata nella superficie gommosa della solitudine.

Ho appena terminato di innaffiare le piante, lo faccio ogni giorno, meticolosamente. È la misura quotidiana del mio dovere affettivo, prendermi cura delle foglie e dei fiori. Ho tolto il camice e indossato una camicia e un paio di jeans, messo lo smalto trasparente sulle unghie, ma non sono truccata, non mi trucco quasi mai. Non so perché allora prendo la borsa e cerco la matita nera, e torno davanti allo specchio. Segno le linee degli occhi e resto ferma a guardarmi, poi apro il rubinetto e mi lavo il viso, cancello la matita strofinando forte con le dita, fino a quando il contorno degli occhi si arrossa e le occhiaie si fanno più fonde. Sono una stupida.

Suona il campanello.

Quando apro lui sorride, fa un piccolo inchino, poi andiamo nello studio e ci sediamo. Si accorge degli occhi pesti, pensa che io abbia pianto. Sto per dirgli che non ho pianto, ma non dico niente.

In questi giorni ho studiato le spezie in uso nella cucina libanese, ho polverizzato i semi, pestato i bulbi, con cura, e riempito i vasetti: noce moscata, coriandolo, aglio, cannella, pepe nero, cumino, peperoncino, cardamomo, chiodi di garofano, carvi, paprica, menta, lime, petali di rosa e zafferano. Tutti insieme compongono il Baharat, che serve per aromatizzare le pietanze di carne e di pesce. I contenitori sono coperti da una carta opaca, non si vede quello che c'è dentro.

Prima di cominciare chiacchieriamo qualche minuto, poi chiedo a Raoul se può dargli fastidio coprire gli occhi con un foulard, e lui dice di no. Mi avvicino e gli lego delicatamente un fazzoletto di seta bordeaux dietro la nuca, quando mi accosto al collo sento il suo profumo.

Non diciamo nulla, né lui né io, mi siedo in poltrona e gli chiedo di sporgersi in avanti. La mano sinistra gli trema appena.

«Tutto bene?»

«Sì...»

«Le farò sentire alcuni odori, per pochi secondi ciascuno.»

«Okay.»

«Dopo aver annusato, provi ad annotare mentalmente la sua sensazione. Non le chiedo di indovinare le essenze, non è una gara, mi interessa soltanto che si concentri sugli odori.»

Apro il vasetto con il cardamomo. Dopo aver annusato arriccia il naso, come se volesse starnutire.

«Tra qualche secondo ne sentiamo altre due.»

Accosto al suo naso lo zafferano e il lime. Lui aggrotta la fronte, ma non dice nulla.

«E ancora altri due.»

Apro il recipiente della cannella e quello con i petali di rosa. Lui inspira profondamente e resta ancora in silenzio.

«Lasci la mente libera di andare, poi, se ne ha

voglia, dica quello che ha immaginato, le sensazioni che ha provato. Prenda pure tutto il tempo che serve.»

Fa un cenno con la testa e si appoggia alla spalliera del divano. Resto a osservarlo, mentre si concentra, porta una camicia di jeans e dei pantaloni di velluto marrone, il ventre spinge un po' sulla cintura, ha qualche chilo in più, per un istante gli guardo la zona rigonfia del pube, sentendomi a disagio per quel gesto di leggero voyeurismo. Allora chiudo gli occhi e resto in attesa.

«Mio padre...»

Si schiarisce la voce e prosegue.

«...mio padre mi portava sempre a passeggiare sul lungomare.»

«...»

«Ecco... vedo questo...»

«Vada avanti...»

«Okay... lui mi tiene la mano, credo di avere quattro o cinque anni.»

«...»

«...c'è sempre una brezza leggera da quelle parti, si sente più forte l'odore del mare.»

«Lo sente anche adesso?»

«No. Mi ricordo però che ci facevo caso ogni volta.»

«...»

«Poi... andiamo a mangiare. È un ristorantino grande quanto una stanza, subito dopo la zona nuova, pieno di gente. Mentre mangiamo, mi racconta un sacco di cose. Non chiude la bocca, mentre mastica, ha un dente d'oro che luccica.»

«...»

«Ci portano il Kubideh, io ne vado pazzo. Ho l'acquolina in bocca, gli spiedini sono molto speziati. Lui beve l'arak col ghiaccio, e me lo fa assaggiare, anche se mamma non vuole.»

«Perché non vuole?»

«Perché è alcolico, sembra un'orzata ma invece è piuttosto forte.»

«Può sentirlo?»

«Non lo so. Sì... forse sì...»

«...»

«Mio padre dice che devo imparare. Devo diventare un uomo.»

«...»

«Mi guarda fisso. Porta una camicia a quadretti, bianca e rossa, la cravatta slacciata. Si è tolto la giacca.»

«...»

«La giacca marrone, sì.»

«...»

«Poi guarda altrove...»

«...»

«...non lo so, non riesco a vedere altro.»

Restiamo in silenzio. A lungo.

«Vuole un bicchier d'acqua?»

«Sì, grazie.»

Verso l'acqua dalla brocca e glielo porgo, lui muove la mano nella mia direzione, la accompagno, mi tocca le dita. Sento una piccola scossa. Beve e restiamo ancora in silenzio.

«Come si sente?»

«Bene...»

«Altre sensazioni?»

«C'era... c'era la menta nel barattolo?»

«No... ma non significa nulla. Quando vuole tolga pure il foulard.»

Lo slega e stringe gli occhi, colpito dal riflesso della lampada.

«Perché non significa nulla?»

«In questo momento non è fondamentale indovinare l'odore. Non è questo che stiamo cercando.»

«E cosa stiamo cercando?»

«Proviamo a connetterci con qualcosa.»

«Vuole dire... con la mia infanzia?»

«Non voglio dire nulla in particolare. Lasciamo che il corpo sia libero di decidere, che siano i sensi a comandare, non la mente.»

Mi fissa e per un istante ho la percezione acerba di qualcosa di diverso, un piccolo guizzo negli occhi. Mi chiede se posso svelargli cosa c'era nei barattoli che gli ho fatto annusare. Gli rispondo che non posso, non adesso, e poi i nomi sulle etichette non sono importanti. E mentre lo dico mi sento un sacco vuoto, improvvisamente, sembra che tutto sia un trucco, una messa in scena, mi vergogno un po'. Lui continua a fissarmi, poi riprende a parlare.

«*Stat Rosa pristine nomine...*»

«Come?»

«Ha letto *Il nome della rosa*?»

«Sì, certo...»

«*Stat Rosa pristine nomine, nomina nuda tenemus.* La rosa primigenia esiste solo nel nome, possediamo soltanto nudi nomi. La vera essenza di qualcosa esiste al di là del nome che viene a essa attribuito.»

«Già...»
«E comunque mio padre usava uno strano profumo, la giacca marrone sapeva di sandalo e rosa.»
Non dico nulla.
Forse mi sono sbagliata, forse questa messa in scena serve a qualcosa.
Quando lo accompagno alla porta, fuori è già buio, siamo stati quasi due ore a parlare.
Mi saluta e si allontana. Lo seguo con lo sguardo per un po', ma non si volta.

Ho sempre pensato che mi sarebbe piaciuto avere una stanza inutile, senza funzione, assolutamente e deliberatamente inutile. Nel corso del tempo è diventato quasi un esercizio intellettuale, come pensare a nulla. Al nulla. Un nulla circondato dallo spazio domestico delle funzioni.

Nella mia nuova casa c'è una stanza vuota, senza porte, con un tappeto al centro, un Bukhara russo comprato a un'asta molti anni fa. E adesso sono qui, seduta per terra.

Tempo fa ho provato a partecipare ad alcune sessioni di meditazione e preghiera buddista, ho recitato il mantra insieme ad altre persone che non conoscevo, ma non ci sono riuscita. Ero continuamente distratta da quello che c'era intorno, dallo strano modo di pregare di alcuni di loro. Li vedevo compiere il rituale della devozione mentre si occupavano d'altro, rispondevano a un messaggio sul cellulare, oppure spazzolavano un gatto. Manuela mi spiegò allora che questo è del tutto normale, il Sutra del Loto, Myoho-renge-kyo, può accompagnarci in tutte le azioni quotidiane, e ogni persona, senza nessuna eccezione, possiede il potenziale per raggiungere la Buddità.

Era stata lei a insistere perché ci andassi, ma temo di averla delusa.

C'è una piccola serratura sulla scatola, con il foro di ingresso per una chiave a occhiello.

Resto ferma, seduta per terra, sento il battito accelerare. Respiro. Poi lentamente sollevo il coperchio. Tiro fuori il contenuto un po' alla volta, un fascio di lettere tenute insieme da un nastro di seta rosa, una vecchia agenda della Banca Popolare con alcuni biglietti da visita spillati sulle pagine, l'audiocassetta con scritto *rire de tout*, sull'etichetta, le polaroid, dentro la carta velina.

In cima alla pila c'è la foto di mamma che ride. Sono tutte scattate a Parigi, piazze, strade, palazzi, vetrine, e amici che non conosco. Barbara ci ha vissuto per alcuni anni, prima di tornare in Italia, ha sempre rimpianto quel periodo, non ne parlava volentieri. Anzi non ne parlava mai.

In una foto si vede il Beaubourg, l'immagine è sbiadita, al centro della spianata c'è un giocoliere, e tutta la gente intorno. In un'altra ci sono ragazzi e ragazze, davanti alla facciata della Sorbonne, mamma fa capolino dietro un giovane indiano.

*La belle italienne.*

Non ce la faccio ad aprire le lettere.

Guardo la camera vuota. Penso al dolore che la riempie in certi giorni, al desiderio di sentire la sua voce, poterle parlare, che non si estingue. Rivedo il suo viso, lo spirito fragile e impavido, e vedo me stessa, mentre la guardo spegnersi senza potere nulla.

Se non accarezzarle le mani e baciarla.

E dirle in un orecchio che va tutto bene.

Va tutto bene mamma. Sono viva.

Lavo i piatti, li metto sulla rastrelliera, poi spengo le luci. La casa si accende delle vite altrui, le finestre rimandano i passaggi nella penombra, i volti rischiarati dalla luce intermittente delle televisioni. Una normalità che non sono stata mai capace di concedermi, il sentimento domestico che rende tutto riparabile, circoscritto nell'alone giallo di una lampada, in cucina.

Vado in bagno e verso quindici gocce nel bicchiere, l'acqua si tinge di un azzurro pallido.

Sento il gusto di anice alcolica. Forse riuscirò a dormire.

Mamma si sedeva sul bordo del letto con un bicchiere di latte caldo, ogni sera, e quando avevo finito di bere si stendeva accanto a me. Sussurrava una ninna nanna, chiudeva gli occhi, e si addormentava, mentre io fingevo di dormire.

Sono stata madre di mia madre, troppo presto. Prendermi cura di lei mi faceva sentire adulta. Tutte le volte che la mettevo a letto quando aveva esagerato col vino, mi guardava, con gli occhi liquidi, sorrideva, e poi crollava.

*Mon petit rocher*, mi chiamava così. Ma non può essere così, io non ero una roccia. Una bambina deve fare la bambina, il peso di quella responsabilità lo porti con te tutta la vita, e con quello, il dolore, la rabbia, e una dipendenza subdola. Non potrai più fare a meno di quel dolore.

Quando Barbara è morta sono rimasta sola, in un fragore immobile, mutilata, immobilizzata in un mondo stretto. Imprigionata dalla libertà di esistere.

Ho trascorso mesi in un silenzio subacqueo. Ma poi quella bambina è tornata da me e mi ha presentato il conto. Di chi si sarebbe più presa cura? Chi si era mai, davvero, preso cura di lei?

*Ninna nanna mamma*
*Tienimi con te*
*Nel tuo letto grande*
*Solo per un po'*
*Una ninna nanna*
*Io ti canterò*
*E se ti addormenti*
*Mi addormenterò*

Mi addormenterò.
Se ti addormenti, mi addormenterò.

Scendo le scale con la musica nelle orecchie. Quando sono in strada è ancora buio, l'aria fredda sul viso, respiro profondamente e comincio a correre.

Nel parco altri come me, sparuti nella nebbia, i camion della nettezza urbana sparano getti d'acqua vaporizzata sui marciapiedi. Mi concentro sulla regolarità del passo, l'allungamento delle fibre muscolari, e dopo un po' comincio a sentire il piacere sprigionato dalle endorfine, riscalda il pavimento pelvico. Sudo e mi tengo stretta a questo caldo del corpo, che pare inattaccabile, mentre la nebbia sembra farsi più fitta. Guardo il sentiero che si incurva nella vegetazione e si perde nel nulla, e provo una leggera euforia.

Quando torno a casa faccio una doccia e poi colazione, tutto è ancora avvolto nella penombra.

Guardo il pianoforte, l'ho comprato una decina di anni fa da un rigattiere, ma non ho mai davvero ripreso a suonarlo. Le scrostature di quasi un secolo raschiano la vernice lucida. Ci passo sopra con i polpastrelli, come sempre, per sentirle. Mi siedo sul seggiolino sbilenco. Apro il coperchio e poso le dita sui tasti, senza suonare. Resto così per un po'.

Poi mi alzo, mi vesto ed esco.

Il Cashmeran è un composto chimico, conosciuto anche come muschio indanone. Ha un odore complesso, con note che vanno dal legno alle spezie, fino ad arrivare a quelle balsamiche, fruttate e vanigliate. Una azienda di tessuti ci ha chiesto di studiare una formula innovativa per questa fragranza, per profumare alcune preziose pashmine prodotte per il mercato arabo.

Arrivo in laboratorio e do un bacio a Marcello.

«Senti un po' qui.»

Intinge la touche in una ampolla e me la porge, la lascio ossigenare e poi la annuso. Lui resta a guardarmi, impaziente.

«Allora?»

Annuso ancora e chiudo gli occhi.

«Verde… direi…»
«Puoi fare di più, tesoro…»
«…alga?»
«Lichene marino.»
«Certo, lichene! A che ci serve il lichene marino per il cashmeran?»
«Lo usiamo per addensare.»
Prendo dallo zaino il vaso che mi ha regalato, e lo sistemo su uno scaffale della libreria. In controluce la trasparenza dell'alabastro vibra di un celeste pallido, segnato dalle linee d'oro. Torno al tavolo, apro la borsa e tiro fuori la polaroid di mia madre, con il bicchiere in mano, e gliela mostro.
«L'avevi mai vista?»
«Che bella… no.»
«È la foto di cui ti parlavo. Non noti niente?»
«Non lo so… cosa dovrei notare?»
«Il modo in cui sorride, per esempio. Non ricordo di averla mai vista così.»
Lui osserva ancora la foto, poi me la restituisce.
«Eravamo giovani…»
Già. Io non so nulla di lei, quando era giovane. Solo pezzetti di storie raccattate nei momenti in cui il vino la rendeva più docile. Tutto quel traboccare di vita, messo a tacere per sempre. Rimetto la foto in borsa e infilo i guanti di lattice.
«Pensavo…»
«Cosa pensavi?»
«Dimmene un'altra, di quelle cose che non mi hai detto mai.»
«Prego?»
«Ieri in automobile, quando ti ho chiesto perché

non mi avessi mai parlato di Ginevra, mi hai risposto che era una delle tante cose che non mi avevi mai raccontato.»

«...»

«Perché non me ne racconti un'altra?»

Lui resta zitto per un po', poi si alza, sfila i guanti e prende il pentolino, lo riempie d'acqua e lo mette sul fuoco.

«Non sempre sono storie che mi fa piacere ricordare.»

«Ce n'è una che ti senti di raccontare... una?»

Prende due tazze e ci infila le bustine di tisana. Continua a darmi le spalle, fino a quando l'acqua bolle, poi la versa nelle tazze, aggiunge un cucchiaino di miele e viene verso di me.

«Ti ho detto di quando ho deciso di partire dall'Italia e andare in cerca di fortuna all'estero?»

«Certo. Sei andato a Parigi e hai cominciato a lavorare nella bottega di un maestro profumiere.»

«Già... ma non è andata esattamente così. Non subito, perlomeno.»

Si siede sulla poltroncina e io di fronte a lui, sul divano. Era l'estate del 1972, aveva diciannove anni, suo padre voleva che prendesse in mano l'attività di famiglia, un piccolo negozio di ferramenta, dove già lavorava suo fratello più grande.

«Mi avrebbe raddrizzato la schiena, disse, e io sapevo a cosa alludesse. Ma avrei preferito morire piuttosto che rinchiudermi in quel buco puzzolente di ruggine.»

E allora ci furono litigate violente, suo padre a volte aveva le mani pesanti. L'aria in casa era diventata irrespirabile, ma grazie a sua madre alla fine trovarono un compromesso, Marcello sarebbe partito per tutta l'estate con un biglietto interrail, e al suo ritorno, alla metà di settembre, avrebbe preso servizio nella bottega di famiglia.

«Mia madre sapeva perfettamente che non sarei tornato.»

«...»

«Quando ci salutammo, mi tenne stretto e mi sussurrò in un orecchio che dovevo seguire il mio cuore. Poi mi infilò in tasca centomila lire, tutto quello che aveva potuto mettere da parte, all'insaputa di mio padre.»

«E lui?»

«Rimase di spalle, visibilmente contrariato. Mi disse, con voce ferma, quasi minacciosa, *ci vediamo il dieci settembre.* Non un giorno di più.»

«E non andò così.»

«No. Non l'ho più visto.»

Marcello beve un sorso di tisana, e poi un altro. Fa un respiro profondo.

«È morto per un infarto l'inverno successivo, a gennaio. Non aveva neanche cinquant'anni. Io l'ho saputo soltanto un mese dopo, perché ero in viaggio, in Olanda, e capirai... allora non era facile comunicare.»

«...non sapevo nulla.»

«Non ne parlo mai con nessuno.»

«E tua madre?»

«Allora aveva quarant'anni, era ancora una donna giovane. Ma non si è mai più sposata, non si è mai più lasciata avvicinare da un uomo. Quando a marzo, appena saputo della morte di mio padre, tornai in Italia, la trovai in casa, che cuciva accanto alla finestra. Provai un dolore fortissimo, mi sentivo in colpa, mi sembrava di essere la causa di tutto quello che era accaduto, l'infarto, il lutto, la tristezza negli occhi di mia madre, la rabbia in quelli di mio fratello. Forse avrei dovuto avere la forza di restare con loro, e prendermi le mie responsabilità.»

«...»

«Rimasi a casa solo una settimana, invece, poi ripartii.»

«...»

«Sono fuggito, questa è la verità. Sono scappato dalla sofferenza. Andai a Parigi. Il resto è stato tutto casuale, alla fine.»

«E tua madre?»

«Ci siamo scritti spessissimo. Quando ho avuto il primo incarico alla Maison di Madame Blanchard ho cominciato a mettere da parte un po' di soldi e le ho comprato un biglietto per Parigi. Mi ricordo i suoi occhi che brillavano, quando scese dal treno, alla Gare de Lyon.»

«...»

«La vedo... è come se fosse accaduto ieri.»

Finiamo di bere la tisana e io vado a lavare le tazze, le ripongo sul piano di marmo del lavabo. Poi torno al tavolo, Marcello ha gli occhi inumiditi. Si soffia il naso.

«Posso chiederti un'altra cosa e poi la smetto?»

«...»

«Scusa se ti sembrerò... un po' rude.»

«Non mi sorprenderebbe, tesoro.»

Sorride, e sorrido anche io.

«Cosa pensi oggi di tuo padre?»

Passa un tempo lungo, Marcello fissa un punto sul tavolo, dove la luce della lampada fa brillare le polveri di alcune essenze.

«Era un uomo semplice, veniva da una famiglia molto umile. E nonostante tutto penso che sia stato un uomo onesto.»

«...»

«Era imprigionato nel suo mondo, chiuso, senza nessuna prospettiva, non credo abbia avuto scelta. Non l'abbiamo avuta entrambi.»

«...»

«Non avrebbe mai potuto essere la mia vita. Chiuso in un negozio di ferramenta.»

«Glielo hai mai detto?»

«Ci ho provato.»

«E hai la certezza di avergli detto tutto quello che dovevi dirgli.»

Ancora una pausa. Si guarda le mani, strofina il pollice sinistro sul dorso della mano destra, dove le vene si riversano come affluenti.

«No... non credo di avergli detto... non gli ho mai detto chiaramente che gli volevo bene. E questa cosa mi ha perseguitato per anni.»

«Lui? Te lo aveva mai detto?»

«No.»

Infila i guanti e riprende a lavorare, io faccio lo stesso.

Mi volto verso il cortile, i raggi fanno brillare le foglie dei rampicanti. Tra loro e me, il vaso di alabastro riprende a vibrare.

*Le fototessere sono appiccicate col nastro adesivo sulla porta blu. Si vedono quattro ragazzi che ridono, uno sull'altro, con le birre e le sigarette.*

*Quando entriamo vengo investita da un suono compatto, la musica, i rumori, le voci. Negli angoli gruppi di candele formano sculture di cera e lasciano una traccia di fumo sulle pareti. Ci facciamo strada, i corpi trasudano alcol, spezie e marijuana.*

*Georges accende una sigaretta e me la passa. La camera è piena di tutto, abiti e scarpe ammassati in un angolo, i materassi per terra, i cuscini affiancati alle pareti, poi libri, dischi, manifesti, un busto di Beethoven di plastica luminosa. Le casse mandano un pezzo di Plastic Bertrand,* Ça plane pour moi.

*Bevo un Monaco, poi partono gli AC/DC,* You Shook Me All Night Long. *Tutti cominciano a saltare e mi lancio nella mischia, non so ballare, ma chi se ne frega.*

*Fumo, bevo e ballo. E sudo tanto. Intorno a me asiatici, sudamericani, italiani, pochi francesi, nessun parigino. Un ragazzo alto, con i capelli incollati alla fronte, mi sussurra in un orecchio:* «J'adore ton sourire». *Poi mi bacia e con la lingua mi passa una caramella che si scio-*

*glie rapidamente nella mia bocca. Non ci vuole molto perché il mondo diventi veloce, sempre più veloce, e io mi sento felice, invincibile. Penso questo, penso proprio questo, siamo invincibili, siamo i padroni del mondo.*

*Quando mi fermo per riprendere fiato lui mi prende per mano e mi porta sul balcone, mi bacia ancora, la lingua ha un sapore di anice e tabacco, e di menta, e di ferro, tutto si muove e stride nelle papille, si confonde, mi confonde. Ci stringiamo, in quel mondo sudato, lui mi tocca, io lo tocco. Sento il suo sesso crescere, sulla mia pancia, le sue mani mi stringono i glutei, mi avvinghiano.*

*E poi altre mani, e altre ancora, il mio corpo non è più mio. E tutto smette di essere presente, si fa buio, si fa silenzio, si fa deserto. E smetto di vedere, di sentire, di ricordare.*

*Non ricordo più niente.*

*Mi addormento, da qualche parte, sul pavimento.*

*Fino a che sento quel sibilo, e un ronzio che mi gira intorno. Alzo la testa, la luce mi acceca.*

*Sul muro un manifesto che ho già visto, ma non ricordo dove. Mi metto a sedere sul letto e mi guardo allo specchio sull'anta dell'armadio, ho un maglione e basta, ma non è mio. Devo trovare i vestiti, i jeans, le scarpe, le mutande.*

*Due ragazzi dormono su un divano, ma non so chi siano. Non ho mai visto questa casa, non conosco nessuno. Entro nel bagno, mi siedo sulla tazza e faccio la pipì, le pareti sono tappezzate di libri. Esco.*

*E seguo il profumo del caffè, fino in cucina.*

*La vedo di spalle, che riempie due tazzine.*

*Poi si volta, e il mondo esplode.*

La memoria è un imbuto. Mi porta sempre negli stessi luoghi, con le stesse luci, come se non avessi vissuto davvero. Come sa avessi attraversato l'esistenza di un'altra.

L'infanzia, l'adolescenza, non mi appartengono, non sono mie, sono i ricordi di una bambina e di sua madre, un legame indicibile, indistruttibile. Ma dov'è il resto del mondo, mi chiedo. Dove sono gli altri bambini, i ragazzi, le ragazze, dove sono gli amori, le liti, i segreti? Non ho mai avuto segreti per Barbara, e lei per me. Questo è quello che ho sempre pensato, fino a oggi.

Quando è morta sono rimasta ferma, nel vuoto di me, estranea, colpita dall'amnesia crudele della mia dipendenza. Non riesco a ricordare quasi nulla che non contempli la sua presenza.

La sua amata presenza, che oggi, tremando si mostra sfiorita, stinta, quasi ostile.

Seicentocinquanta, in totale, tredici bracciate per vasca. Quando ero piccola mi dicevano che ero dotata di una naturale acquaticità, eppure all'inizio detestavo le lezioni, tutte le operazioni prima e dopo l'immersione, lo spogliatoio, la puzza di cloro, di piedi, la puzza di umido. Mia madre mi diceva sempre, quando non volevo tuffarmi, che dovevo allenarmi alla vita. Io non capivo, ma lei insisteva, imparando a nuotare sarei stata più forte.

Poi qualcosa è scattato. Qualcosa è cambiato.

Quando entro in piscina avverto ogni volta un fremito, come un'emozione dell'infanzia, seguo il solito rituale, indosso la cuffia e mi siedo sul bordo, bagno gli occhialini e li infilo. Poi faccio qualche esercizio di stretching e mi schiaffeggio i muscoli delle cosce.

E vedo il mondo da lì. E non lo vedo più.

Ci sono solo i pilastri di acciaio, verniciati di giallo, che si innervano fino alla volta. Solo i filari di alberi oltre le vetrate.

Il mondo non esiste più.

Mi avvicino al bordo della piscina, mi siedo e lascio penzolare le gambe nell'acqua. Poi salgo sul blocco, guardo di fronte a me, e mi tuffo.

Sento i suoni attutiti nella fase di apnea, il gorgoglio delle bolle, il cuore battere veloce. E dopo la prima vasca tutto rallenta, si placa, diventa necessario.

E mi dimentico.

E mi sembra che questa sia la cura, per tutto.

Dopo la doccia mi asciugo i capelli, i segni degli occhialini mi fanno gli occhi da rana. Indosso i jeans, un dolcevita e sopra un giubbotto di pelle, stringo i lacci agli anfibi, prendo la borsa, ed esco.

Ho voglia di andare in un posto che mi piace, una biblioteca di quartiere che si trova in mezzo al parco, in un piccolo edificio degli anni Trenta. In biblioteca hanno anche una sezione dedicata ai testi in lingua originale piuttosto fornita. Un tempo era un diurno, all'ingresso ti davano una salvietta e un sapone. Pagavi cinquanta lire per lavarti.

Quando entro l'impiegata viene a salutarmi e mi chiede se voglio ordinare qualcosa dal bar.

«Un caffè, grazie.»

«Biscottini?»

«Avete i cookies al cioccolato?»

«Certo.»

Mi siedo sulla poltrona e lascio la borsa accanto a me. Ho scelto un volume di poesia. *Preferisco il tempo degli insetti a quello siderale / Preferisco toccare ferro / Preferisco non chiedere per quanto ancora e quando / Preferisco prendere in considerazione perfino la possibilità / che l'essere abbia una sua ragione.* Leggo Szymborska e rivedo me stessa, riflessa, sulla superficie tremula di un catino d'acqua.

«Ecco il caffè, e i biscotti.»

«Grazie.»

La ragazza sistema tutto sul tavolino, accanto alla finestra. Sì, bisognerebbe prendere in considerazione la possibilità che l'essere abbia una sua ragione.

Il cielo si è aperto, le chiome degli alberi brillano di un verde intenso. Riprendo a leggere. *Ricordo bene quella paura infantile. / Scansavo pozzanghere, / specie quelle recenti, dopo la pioggia. / Dopotutto qualcuna poteva non avere fondo.*

Ho desiderato scrivere sin da quando ero ragazza, ma ho sempre provato un impaccio nel maneggiare le frasi, le parole in sequenza, il pensiero è sempre stato più rapido, troppo più veloce della mia mano, più denso di qualsiasi parola potesse esprimerlo. Da bambina facevo esercizi solitari di contemplazione, è un'abitudine che mi è rimasta, guardavo quello che c'era intorno a me e poi provavo a fissarlo nella memoria. Guardavo gli steli che spuntavano dalle aiuole e si aprivano in foglie a forma di lingua, le tende di lino che si incurvavano come vele nelle stanze assolate d'estate, la televisione in cucina, senza volume, che mandava immagini di felicità lontanissime. E poi il sangue che mi usciva dal naso e che lasciavo seccare sul viso, il distributore di benzina nella piazzetta di quel paesino in Toscana, la chiesa nuda in campagna, gravida di incenso, con la madonnina azzurra dietro l'altare. E gli odori della terra, che eccitavano le narici, di foglie, di rovi, di frutti macerati dal sole. Non sono mai stata capace di descrivere questa bellezza.

«Viola!»

Faccio un salto, e lui sorride.

«Scusa, ti ho spaventata...»

«Raoul... no... ero... ero sovrappensiero.»

«Pardon, mi accorgo che le ho dato del tu. Mi è venuto istintivo.»

«Diamoci del tu... certo.»

Porta una felpa con il cappuccio, il corpo massiccio, sotto la tuta.

«Strano incontrarsi qui...»

«Già...»

«Ci vieni spesso?»

«Qualche volta.»

Si siede accanto a me, sento il suo profumo che si impasta al sudore. Chiacchieriamo un po'. Fuori dalla dimensione protetta del mio studio mi rendo conto di essere a disagio, credo che lui se ne accorga. Gli chiedo che libro ha preso in prestito.

«*Fermat's last theorem*, di Simon Singh.»

«Cos'è?»

«È la storia dei tentativi falliti nel corso dei secoli di risolvere l'ultimo teorema di Fermat. Ne sai qualcosa?»

«... temo di no.»

«È una specie di thriller.»

«In che senso?»

«Hai qualche nozione di matematica?»

«Nessuna.»

«Ti interessa?»

«Sì... certo.»

Sorride e si schiarisce la voce.

«Okay, allora diciamo così: siamo nel diciassettesimo secolo, Pierre de Fermat enuncia il suo teorema in una nota marginale di un libro. Il teorema afferma che non ci sono soluzioni intere positive per una determinata equazione e su questo si arrovelleranno per secoli generazioni di studiosi, fino a quando nel 1994 un matematico inglese di nome Wiles non riesce a trovare la dimostrazione. Questo detto molto in sintesi... è una storia avvincente.»

«...»

«E credo che abbia molto a che fare con la mia scelta di studiare matematica.»

«Cioè?»

«Non so… credo che riguardi il mio modo di accostarmi… alla ricerca della verità. La matematica è una disciplina basata sulla deduzione logica. A differenza delle scienze empiriche però si occupa di oggetti astratti, numeri, figure geometriche, strutture algebriche.»

«E la verità…»

«Ci arrivo… nelle scienze empiriche si avanza un'ipotesi per spiegare un fenomeno, giusto?»

«Giusto…»

«Se le osservazioni che riguardano il fenomeno sono in accordo con l'ipotesi, si ottiene un indizio. Alla fine il peso di tutti gli indizi può diventare una prova schiacciante, e l'ipotesi viene accolta come vera. Mi segui?»

«Ti seguo.»

«In matematica non è così.»

«…»

«La dimostrazione si basa su assiomi, affermazioni palesemente vere. E attraverso argomentazioni logiche si giunge a una conclusione. La conclusione è il teorema. Una volta provato resta vero per sempre, fino alla fine dei tempi. Ma per arrivare a questo bisogna percorrere una strada piena di insidie e accettare la possibilità di fallire.»

«…»

«Ti leggo un passo?»

Prende il libro e fa scorrere le pagine, poi si ferma e mi guarda.

«*Nel 1900 fu chiesto al grande logico David Hilbert perché non tentasse una dimostrazione dell'Ultimo Teorema di Fermat. "Prima di cominciare", rispose, "dovrei impegnare tre anni di studio intensivo, e non ho tutto questo tempo da sprecare per un probabile fallimento."*»

«...»

«...ecco, questa è una insidia possibile, il tempo. Io amo la ricerca della verità, al punto di dover impiegare tutto il tempo che serve, e anche accettare la possibilità di fallire. Anzi, spesso sono consapevole di andare incontro al fallimento, ma questo non deve fermarmi.»

Restiamo in silenzio, queste ultime parole si rincorrono nella mia testa.

«Tutto bene?»

«Sì... certo...»

«Scusa... sono piombato qui mentre leggevi e ti ho riempito la testa di... dai, ti lascio tranquilla. Ti ho disturbata abbastanza...»

«Ma no, figurati...»

«No, davvero, torno a correre... devo rispettare la tabella.»

«Come vuoi...»

«Ci vediamo in studio da te, dopodomani...»

«Sì certo... ci vediamo dopodomani.»

Fa un cenno, si volta e fa per uscire dalla sala. Poi si ferma di colpo e torna indietro.

«Dimenticavo una cosa importante... lo zafferano!»

«Cosa?»

«Tra le essenze che mi hai fatto sentire c'era lo zafferano. Ne sono sicuro.»

«...»

«Ora mi prenderai per pazzo... lo so. Quella sera, dopo il nostro incontro, stavo sistemando alcuni volumi nella mia libreria... e ho sfogliato *Le metamorfosi* di Ovidio. Mi sono imbattuto nella storia di Croco e Smilace, il guerriero e la Ninfa. Ce l'hai presente?»

«Mi pare, sì...»

«La loro storia finisce male perché ci si mettono di mezzo gli dei, lei è un'immortale e lui no. Lui si uccide per il dolore e lei impazzisce, e allora gli dei, questa volta pietosi, li trasformano entrambi in piante. Lei in *Smilax aspera,* la salsapariglia, lui in *Crocus sativus,* fiore viola dal cuore giallo come il sole. E proprio dai tre piccoli stimmi che formano il cuore d'oro del Crocus si ricava una preziosissima polverina rossa...»

«...lo zafferano.»

«Esatto... ecco... nel momento in cui ho riletto quelle pagine, ho sentito il profumo nelle narici, distintamente. Capito? L'ho sentito, qualche particella odorosa è rimasta, dormiente, nel mio naso e la lettura l'ha risvegliata. C'era lo zafferano in uno di quei vasetti?»

Sorrido e lui continua.

«Dai, dimmelo, per favore. C'era lo zafferano, vero?»

Gli faccio un cenno e lui, raggiante, senza dire altro si volta e se ne va.

Lo vedo sparire oltre la vetrata. E mi sento strana, inadatta alla leggerezza. Attendo qualche minuto, chiudo il libro e lo metto in borsa, poi mi alzo e vado in laboratorio.

Nel pomeriggio ricevo Nora, è una maestra elementare in pensione.

Veste con cura, poco trucco, capelli raccolti dietro la nuca, ha una bella voce, con una leggera, gradevole, inflessione emiliana. Deve essere stata una brava insegnante, usa le parole con chiarezza, senza pedanteria. Noto che sulla gonna c'è un piccolo rammendo, e mi sembra di non vederne da chissà quanto. Mi fissa per qualche istante, poi si inumidisce le labbra.

«Sono qui per raccontarle una storia.»

Nora nasce sotto i bombardamenti, nell'agosto del '43. Suo padre e sua madre muoiono per il crollo del palazzo in cui sono rifugiati, ma lei, miracolosamente, si salva. Viene accolta in un istituto di suore di clausura, le Sorelle della Carità, in attesa di poter essere affidata a una nuova famiglia. Nessun parente si fa vivo, la bambina non ha un nome né un cognome, è una figlia di nessuno. E così le suore, infrangendo ogni regola, decidono di crescere la piccola, clandestinamente. Di lei si occupa soprattutto suor Marta, la più giovane.

Quattro anni dopo Nora vive ancora presso il convento, è una bambina felice, ignara, sconosciuta al mondo.

«Era domenica, lo ricordo benissimo, poco prima di scendere in refettorio. Ero affacciata alla finestra della mia cameretta e facevo sventolare una bandierina.»

E in quell'istante succede qualcosa. Un'ispezione improvvisa, il nuovo parroco e due carabinieri perquisiscono le celle e i dormitori, una lettera anonima arrivata in parrocchia li ha avvertiti che le suore tengono *prigioniera* una bambina. Scoppia uno scandalo, tutto verrà messo velocemente a tacere dalla Curia, l'istituto sarà chiuso, le sorelle trasferite in altre città, e la bambina che ormai ha quasi cinque anni affidata in adozione a una famiglia della provincia di Varese. Lei e suor Marta non si rivedranno più.

«Mi portarono via in automobile... mi ricordo il suo viso, piangeva disperata. Io ero intontita, non capivo ancora cosa stesse succedendo.»

Nora si ferma qualche istante, come per elaborare un pensiero.

«Guardi, Viola, sono stata una bambina fortunata, nonostante tutto. I miei genitori adottivi mi hanno donato amore e la possibilità di crescere serenamente, in quegli anni di macerie. Ma... per tutta la vita ho avuto il desiderio di riabbracciare le sorelle che mi hanno cresciuta...»

«...»

«...e in particolare suor Marta, che mi ha fatto da madre.»

«...»

«Non sono mai riuscita a rintracciarla. Sulle suore che si erano macchiate del peccato terribile di allevare amorevolmente un'orfana, si era abbattuta la scure dell'ordine. La clausura per loro divenne una punizione definitiva.»

Nora parla piano, la voce si è appena incrinata,

prende un fazzoletto e si asciuga gli occhi, poi si soffia il naso, infila il fazzoletto nella manica della blusa e riprende a parlare.

«Adesso lei si chiederà perché sono qui.»

Non dico nulla, le sorrido soltanto.

«È stata una specie di illuminazione, quando ho visto il volantino in erboristeria. È tutta la vita che vorrei sentire... risentire... il profumo di quelle stanze, la cucina, il refettorio, il piccolo chiostro del convento...»

«...»

«E il seno di suor Marta.»

«Il seno...»

«Sono sicura che suor Marta mi abbia allattata.»

Avverto uno sbandamento, che faccio fatica a nascondere.

«Lo so, sembra una cosa riprovevole. Ma non lo è, mi creda.»

«Non penso affatto che sia riprovevole.»

«Ho avuto tre madri, quella naturale, quella che mi ha adottato, e quella che mi ha salvata e cresciuta, fino a quel giorno di aprile. Ho avuto la mia vita, e, lo ripeto, mi considero fortunata. Ma sento un grande vuoto dentro di me. Prima di andarmene da questo mondo, vorrei sentire ancora... quell'odore.»

«...»

«Pensa di potermi aiutare?»

Resto in silenzio. Mi volto verso il cortile, è quasi sera. Poi guardo il suo viso, appena segnato da rughe sottili.

Quando mi saluta leggo la gratitudine nei suoi occhi, e mi confonde.

Mi stringe forte le mani. Le ho chiesto di darmi un po' di tempo, ho preso qualche appunto, i nomi, suor Marta, le altre sorelle, non so neanche a cosa mi serviranno. Vorrei aiutare Nora, ma non so cosa inventarmi.

Quando chiudo la saracinesca non c'è nessuno per strada, ripenso a quella bambina sotto i bombardamenti, orfana due volte, e alle sue madri sfortunate. E un po' mi vergogno, della mia sofferenza, di questo sentirmi sola al mondo.

Poi sento un lamento. Mi guardo intorno, nell'incavo della ruota posteriore di un'automobile c'è un gattino, non avrà più di un mese. Due piccoli fari accesi nel buio.

Mi inginocchio, lui scivola dalla ruota e fa due passi verso di me. Poi si ferma, tremante.

Avverto una stretta allo stomaco, ho quasi la nausea.

Vado via.

Non posso occuparmi di lui.

Non posso.

Non voglio più occuparmi di nessuno.

Mamma usava una vecchia macchina per scrivere elettrica.

Mi nascondevo dietro la porta del suo studio e restavo ad ascoltare il rumore dei tasti, il rullo, ogni piccolo movimento. Sulla scrivania, tra le carte e i giornali, il posacenere di cristallo pieno di mozziconi. Le nuvole di fumo erano galassie, nella sospensione del cosmo domestico.

Di tanto in tanto mi capita di rileggere qualche pagina dei suoi saggi, degli articoli per le riviste specializzate, e resto ogni volta stupita dal talento nella scrittura, dalla lucidissima capacità di analisi. La sua ossessione è stata il ruolo della donna, l'intellettuale, l'artista, e lo spazio che le è stato concesso in un mondo costruito dagli uomini, per gli uomini. Jane Austen aveva una vita raccolta e casalinga, scriveva di nascosto, Emily Dickinson visse praticamente isolata dal mondo e Mary Ann Evans dovette trasformarsi in George Eliot, per diventare la personalità più significativa della letteratura inglese dell'Ottocento. Quando mamma ne scrive si avverte tutta la sua indignazione, perfino la rabbia, canalizzate in uno stile vibrante, cristallino: *Gene-*

*razioni e generazioni di donne, per secoli sono passate sulla terra, senza che nulla di loro si sappia. È una sorta di tragico abisso, di vuoto allucinante.*

Ecco, io credo che lei, con quell'abisso, si sia sempre confrontata, soffrendo moltissimo. *Non abbiamo bisogno di nessuno, tu e io.* Me lo diceva sempre, e io da bambina ero fiera di essere la figlia di una mamma combattente, combattente io stessa. Non sono mai stata davvero capace di staccarmi da lei, intrappolata dall'amore, dall'ammirazione, e dal senso di colpa. La mia vita è stata invischiata in una tela di ragno. Barbara aveva lasciato Parigi perché era incinta di me, aveva rinunciato alla sua carriera splendente. E non è bastato scoprire più tardi che il senso di colpa dei bambini nasce spesso dall'incapacità delle madri di raccontare il proprio dolore, il fallimento, il proprio inconfessabile risentimento.

I suoi occhi lo hanno sempre rivelato, sin da quando ero piccola. In quegli occhi c'era un'invincibile malinconia.

Di mio padre non ho mai saputo nulla. È una camera vuota nella mia testa. Non sono mai stata presa in braccio da mani forti, non ho accarezzato le guance ruvide di barba. Mio padre è un fantasma senza nome. Senza volto.

Barbara ha provato a proteggermi da quella assenza, ma non ci è riuscita. Non lo ha mai perdonato, chiunque egli sia, non ha mai perdonato sé stessa.

Sono figlia di un'avventura e di una fuga, questa è l'unica cosa che so, che mi rimane.

Nel pomeriggio lavoriamo sodo, per ore. Ci concentriamo su ogni piccola azione, Marcello sul tavolo di fronte, e io qui, con la lampada puntata sulle mani. È come se ognuno conservasse uno spazio impenetrabile, e lo proteggesse. Spesso mi fermo a guardarlo, si muove sotto il cono di luce con un'eleganza che mi rapisce.

Nella pausa chiacchieriamo un po' e beviamo una tisana, gli racconto la storia di Nora. Gli dico anche del gatto e mi vergogno, lui ci rimane male, lo so.

Quando finiamo, va a rinfrescarsi il viso e toglie il camice. In un silenzio traboccante di cose non dette.

«Stasera esci?»

«No... sono stanca... tu?»

«Sono un po' stanco anche io, resto a casa...»

Non diciamo altro. Indossa il soprabito e mi passa accanto, sfiorandomi i capelli.

«A domani.»

«A domani...»

Resto sola.

Ripenso a quella bestiolina tremante e sento un morso nello stomaco. Vorrei poter rifare tutto ogni volta, correggere i gesti, le parole, cambiare il corso delle cose, ma non ne sono capace. È sempre troppo tardi.

Quando esco, chiudo la saracinesca e mi inginocchio per dare un'occhiata sotto l'auto.

Il gatto non c'è più.

Dopo cena sfoglio il libro che ho preso in biblioteca, e mi tornano in mente gli occhi di Raoul, il suo odore, il sorriso. E la mia voglia di fuggire, ogni volta che la vita somiglia a una vita normale. Mi verso un bicchiere di vino e metto un disco che ascolto raramente, Samuel Barber, *Adagio for Strings*. La prima volta che l'ho ascoltato ero al mare, d'inverno.

L'acqua era scura. In attesa del temporale me ne stavo lì, sulla spiaggia, avevo tolto le scarpe, volevo camminare a piedi nudi sulla sabbia vulcanica. Quando cominciò a piovere infilai le cuffie e mi coprii col cappuccio dell'impermeabile. Rimasi a guardare l'orizzonte, e provai un'emozione mai provata, un senso di appartenenza, al mondo intero.

Mi sentii grata. Così grata.

In quegli attimi credo di essere stata felice.

Il disco smette di girare, mi alzo e vado ad aprire l'armadio. Tiro fuori la scatola e la porto sul tavolo.

La apro.

Le lettere sono piegate accuratamente, sulle buste francobolli americani, olandesi, indiani. Quasi tutte scritte in francese, sono corrispondenze tra amiche, per lo più. Le leggo, le rileggo, e man mano che vado avanti c'è qualcosa che non riesco a mettere a fuoco, come uno sdoppiamento, uno sfarfallio della percezione: Barbara che scrive ad Adele, Justine, Giulia, Marianne, quella che risponde a Niraj, Georges, Diego, è una ragazza spensierata. Ecco, credo sia questo.

Barbara era una ragazza felice, e poi non lo è stata più.

Chiudo gli occhi e mi sforzo di immaginare il suo viso, ma l'immagine sfuma. Cerco nella mia testa un'istantanea di noi due, vorrei trovare la stessa spensieratezza. Ma non ci riesco.

Poi apro a caso l'agenda.

Avverto un piccolo tremore sulle gambe, mi gira la testa. Tengo gli occhi chiusi fino a quando lo sbandamento finisce. Poi rileggo quelle poche righe pescate a caso.

*Innaffiare le viole.*
*Fototessera cineforum*
*Carte orange*
*Cadeau pour Marie*

*Test de grossesse*

Capisco che quel giorno, proprio quel giorno, io c'ero già. I pensieri si agitano in una boccia di vetro, e diventano materia gassosa, senza forma.

Mentre Barbara si appuntava le note della giornata e scriveva *test di gravidanza,* io esistevo, nello spazio amniotico, buio, misterioso. Vivevo prima di essere anche solo immaginata.

Mi tornano in mente alcuni passaggi di un libro che ho letto durante la scuola di specializzazione, i segreti della mente, i ricordi, i traumi che ereditiamo dalle generazioni precedenti alla nostra, si imprimono sull'espressione genetica. Le persone che ci hanno generato vivono nel nostro codice, proviamo il loro dolore emotivo, sogniamo i loro ricordi, conosciamo e riconosciamo anche quello che non ci è stato mai rivelato.

E allora penso che forse già allora, nel momento in cui Barbara scriveva sulla sua agenda, qualcosa di lei si trasferiva in me. E questo mi confonde, mi fa tremare.

Poi collego alla presa la spina di un vecchio registratore che mi sono procurata. Apro la custodia del nastro che ho trovato nella scatola, con l'etichetta che riporta la scritta in stampatello, *Rire de tout,* e dopo una breve esitazione infilo la cassetta e spingo il tasto *play.*

E la sento ridere, parlare fitto fitto con una ragazza che non conosco. La sento vivere.

E mi prende una febbre improvvisa. Sento di invadere uno spazio intimo, di Barbara prima di me, quello spazio di lei che corre felice sulla strada luminosa della giovinezza.

Non lo so se voglio sapere. Forse non è giusto.

Forse non ne ho il coraggio.

*La moka sul fornello manda una linea di fumo. I tetti lampeggiano di luce argentina.*

*Lei aspira forte dalla sigaretta e posa le tazzine sul tavolo di marmo. Il fumo sale, in piccole volute, attorcigliandosi a quello della sigaretta. Mi guarda e sorride.*

*«Siediti, dai... prendi un caffè.»*

*«Grazie...»*

*«Ho messo le tue cose in lavatrice, le ho stese sui radiatori bollenti, tra poco dovrebbero essere asciutte.»*

*Le mie cose. Sono qui solo con un maglione, senza neanche le mutande.*

*«Cosa... cosa è successo?»*

*«Eri piuttosto ubriaca, tesoro. Piuttosto tanto. A un certo punto hai vomitato e sei crollata. Ci sei andata pesante ieri sera eh?»*

*«Ma che vergogna... scusami.»*

*«Niente di grave, succede. Stai parlando con una professionista, sapessi quante sbornie ho preso... tranquilla. E comunque io e Georges ti abbiamo spogliata e messa a letto, non è successo niente di strano.»*

*«Mi dispiace. Non... non ricordo niente di niente.»*

*Un pensiero sottile mi punge la testa. La guardo muoversi, parlare, e mi confondo. La sento ridere e mi confondo.*

*Quel luogo sconosciuto mi sembra già visto, la cucina è un caos, ma è piena di luce, i fiori sul balconcino, i manifesti alle pareti.* Manhattan, Picnic at Hanging Rock, *una fotografia di Brigitte Bardot da giovane.*

*«Hai fame? C'è ancora un po' di pizza di ieri, se vuoi.»*

*«No, grazie. Ho lo stomaco in subbuglio.»*

*Sento la superficie fredda della sedia di formica sui glutei nudi. Lei porta un cardigan a colori pastello, sopra un pigiama celeste.*

*«Hai ballato come una matta, ieri...»*

*«Ma no... non so ballare. Che figura di merda...»*

*«Invece ti muovevi bene, mettevi allegria.»*

*«Mettevo allegria?»*

*«Sì... eri felice.»*

*«Ero felice?»*

*«Non è mica offensivo eh!»*

*Scoppia a ridere, la sua risata così squillante.*

*«Non eri felice? Mi sbaglio?»*

*«Non lo so... non mi ricordo niente. Giuro.»*

*Spegne la sigaretta su un portacenere di cristallo e sciacqua le tazzine.*

*«Mi ha detto Georges che sei arrivata da poco, devi ancora ambientarti...»*

*«Sì... credo di sì.»*

*«Abiti qui, nel sesto?»*

*«Sì...»*

*«Io non potrei stare altrove. T'innamorerai.»*

*«...»*

*«Ci cascano tutti. Ci sono cascata anche io.»*

*«Sei innamorata?»*

*«Sono innamorata di Parigi. Non potrei farne a meno.»*

*«Certo... sì.»*

«La vie, c'est Paris. Paris, c'est la vie. *Sai chi l'ha detto?»*

*«No.»*

*«Marie Bashkirtseff, ma probabilmente anche il nome non ti dice molto.»*

*«Infatti, non mi dice nulla.»*

*«È stata una scrittrice russa, una donna formidabile, parlava quattro lingue, oltre a scrivere, dipingeva, scolpiva. Aveva un talento straordinario. Eppure quasi nessuno sa chi sia.»*

«...»

*«È morta a ventisei anni, di tubercolosi. È sepolta nel cimitero di Passy...»*

«...»

*«Okay... allora io adesso vado a fare una doccia e poi scappo all'università. Alle due ho un'exposé e sono in ritardo, come sempre. Tu fai tutto con calma, i jeans e la maglia saranno quasi asciutti. Se vuoi, nel corridoio ci sono libri, riviste. Fai come se fossi a casa tua.»*

*«Grazie.»*

*«Ah... quando esci non c'è problema per la porta, non chiudo mai a chiave.»*

*«D'accordo.»*

*Mi passa accanto e sento l'odore. Sento l'odore.*

*Mi sembra che la terra tremi.*

*Dopo qualche minuto la vedo con un asciugamani che le fascia il corpo, tra il bagno e la camera, e poco dopo tornare con un paio di jeans ficcati negli stivali, un maglione e un giubbotto di crosta, ampio sulle spalle. È bellissima.*

*«Come sto?»*

*«Sei splendida...»*

*Ci salutiamo, mi dà un bacio, ha lasciato sul letto un biglietto col suo numero telefonico, se mi va, possiamo sentirci.*

*«Magari andiamo a un cine uno di questi giorni, a bere una panaché.»*

*«Sì...»*

*Poi corre via. Si chiude la porta alle spalle.*

*La sento scendere per le scale, il rumore di tacchi, precipitoso. Quel rumore.*

*Poi torno nella camera dove mi sono svegliata, i pantaloni sono ancora umidi, mi vesto lo stesso. Infilo il maglione e mi guardo allo specchio, ho il viso sbattuto, le occhiaie. Ho i capelli lunghi.*

*Prima di andare prendo il biglietto.*

*Sento una spada che mi attraversa il cuore.*

La ragazza seduta di fronte a me porta una felpa e i jeans strappati sulle ginocchia. Mentre guarda lo smartphone, mastica una gomma e sorride, non si accorge di me. La carrozza della metro è quasi vuota. Resto a guardarla, le sneakers gialle e blu consumate, lo smalto nero sulle unghie. Avrà sedici anni. L'età che avevo io quando mia madre ne aveva quaranta.

Scendo a Palestro e il treno riparte. Mi incammino su una traversa di corso Venezia e mi fermo davanti a Villa Invernizzi, una decina di fenicotteri rosa fanno le abluzioni nel laghetto del giardino. La recinzione divide due mondi, quello dei fenicotteri sembra impenetrabile, sacro, è il giardino segreto dell'infanzia. Entro nel portone, qualche metro più avanti, e salgo a piedi, lo studio è al secondo piano. Suono il campanello e mi apre una segretaria che non conosco, mi fa accomodare in una sala d'attesa. Poco dopo mi dice di entrare.

«Buongiorno professore...»

«Viola... Si accomodi.»

«Grazie.»

«Come sta?»

«Me la cavo... lei sta bene?»

«Me la cavo anche io. Ha tagliato i capelli, vedo...»

«Sì...»

C'è un odore di deodorante per ambienti, dolciastro. Mi siedo e poso la borsa, spengo il cellulare e tolgo il giubbotto. La luce del giorno è schermata dalle imposte, sono passati più di dieci anni, questa stanza è rimasta uguale. Tranne che per la foto di una bimba che ride e mostra la finestrella tra i denti, sua nipote credo.

Frugo nella borsa e tiro fuori un pacchetto di caramelle, gliene offro una ma lui fa segno di no.

I suoi gesti sono sempre educati, netti.

«Il lavoro? Come procede?»

«Molto bene grazie. Perfino troppo... mi sembra di non fermarmi mai.»

«...»

«Sono un po'stanca... ma magari il lavoro non c'entra...»

«...»

«...la verità è che non me la cavo poi così bene, professore.»

«Cosa succede?»

«Sono... sono confusa... non lo so... mi sento...»

«...»

«Sono sola.»

Non dice nulla, non muove un solo muscolo del viso. La prima volta che sono entrata nello studio di Fabio Moretti avevo compiuto da poco vent'anni.

Soffrivo di attacchi di panico. Ne ho un ricordo vago, come per certi sogni, restano solo alcune immagini. Avevo smesso di mangiare, ero sempre tesa, irascibile, il mondo mi pareva ostile.

Poi, una sera a casa di amici avvertii una stretta alla gola, mi sembrava di soffocare. Uscii sulla terrazza per prendere un po' d'aria, la città brulicava di vite lontanissime, piccole luci mobili, nel buio. Dall'interno dell'abitazione arrivavano i suoni della festa, come pungiglioni ficcati nel cervello. Accesi una sigaretta.

Mi sentivo sola, così sola da non avere speranza. Mi diressi verso la balaustra, guardai in basso e lasciai cadere la sigaretta, e all'improvviso mi sentii attratta da quel vuoto. Un'attrazione potente, un deserto siderale dei pensieri. Un'urgenza di morte che non avevo mai provato. Durò pochi secondi, mi tenni stretta alla ringhiera, tremando, poi finalmente arretrai e mi lasciai cadere sul pavimento. Il cuore mi batteva fortissimo.

«Di cosa ha paura?»

«Non lo so.»

«...»

«È come se le forze venissero meno, pochi grammi alla volta, una lenta estinzione. Il mio corpo... si sta asciugando... ecco sì, divento... secca... arida, un ramo secco.»

Nel periodo della malattia di mia madre ho più volte pensato di tornare in terapia, ma poi ho rinunciato. È difficile spiegarlo, mi sembrava di violare un patto, di tradire il suo dolore, curando il mio. Mentre parlo Moretti prende qualche appunto, e io provo a mettere ordine nei pensieri, mi chiede se frequento qualcuno, e gli dico che non frequento nessuno, in questo momento faccio fatica a sentire gli altri, a comunicare, ma nello stesso tempo provo un sentimento che non so descrivere, una specie di nostalgia per quello che non ho mai vissuto, per tutto quello che non vivrò.

Poi gli racconto della scatola che ho trovato a casa di mia madre.

«Non ci ho trovato nulla che giustificasse il fatto che lei me l'abbia tenuta nascosta per tutti questi anni. Non capisco.»

«Forse non l'ha mai nascosta. Era semplicemente lì, in quel cassetto. Magari è solo una costruzione della sua mente.»

«Non lo so, ho sempre pensato che non avessimo segreti, lei e io.»

«...»

«E comunque il mio turbamento deriva da altro, ma non sono certa di saperlo esprimere.»

«Ci provi.»

«Ecco... in quelle foto mi sembra... mi sembra di vedere... una persona diversa.»

«Mi spieghi meglio.»

«Non riconosco mia madre. La ragazza che scrive quelle lettere è così diversa dall'immagine che ho sempre avuto di lei. È quasi una sconosciuta.»

In quelle foto non c'è traccia del dolore, sì, gli dico questo. Quella ragazza sembra immune dal dolore.

«Non pensa che questa sua sensazione possa essere condizionata da quello a cui ha dovuto assistere nell'ultimo periodo? Le tracce del dolore, come le chiama lei, sono quelle che restano impresse più a lungo. Purtroppo.»

«Non so come dirle... ma io... non ho mai visto quella luce nel viso di mia madre. Anche quando era giovane. Quella leggerezza, mai. E non credo dipenda solo dal fatto che in quelle foto avesse poco più di vent'anni. Io a vent'anni ero tutt'altro che una ragazza felice, e lei lo sa bene.»

Resta in silenzio, a lungo. Come usa fare. Io mi mordo le pellicine accanto all'unghia del pollice, lo facevo da piccola.

«Ammettiamo che sia vero quello che diceva prima. Secondo lei, perché sua madre non le ha mai mostrato quelle foto, quelle lettere?»

«Non ne ho idea. Non faccio che arrovellarmi, da quando le ho trovate.»

«Ci pensi. Non abbiamo fretta.»

Mentre rifletto tutto rallenta, e si amplifica. Mi vengono in mente piccoli dettagli. Le feste di compleanno, le candeline sulla torta, le gite al mare, le letture ad alta voce d'inverno, appiccicate al radiatore bollente. Non riesco a vedere il suo viso, è come velato da un'ombra. Un'ombra, sì.

«Forse voleva nascondermi qualcosa...»

«Potrebbe essere.»

«...»

«O forse voleva il contrario. Voleva che fosse lei stessa, Viola, a scoprire il perché.»

«In che senso? E perché adesso e non prima?»

«Ci rifletta.»

Quando esco dallo studio la luce mi acceca, mi invade un vociare, un disordine che mi scuote. Cammino velocemente, scendo le scale della stazione, e resto in attesa sulla banchina deserta. È come se avessi aperto una ferita nella mia pelle, e ci fosse un fluire continuo di umori, un traffico doloroso nel sangue. Mi sento così fragile, il petto schiacciato da una pressione che taglia il respiro.

Cosa voleva che scoprissi, mia madre? Cosa mi ha tenuto nascosto?

Quando arrivo in laboratorio, mi sciacquo il viso e mi cambio. Marcello sta chiudendo un paio di consegne, mi siedo di fronte a lui. Mi accingo a fare quello che devo, poi mi fermo. Lui mi guarda, posa l'ampolla e fa scorrere gli occhiali sul naso.

«Tutto bene?»

«Sì...»

Continua a fissarmi qualche istante, poi riprende a lavorare.

Io mi rialzo, prendo la borsa e vado in piscina.

Ho la pelle d'oca, l'acqua è più fredda del solito.

Nuoto fino a che il rumore nella testa sparisce. Tutto diventa trasparente, sotto la superficie traslucida della piscina. Faccio il conto delle bracciate, come ogni volta, è come un mantra. La chiave che apre la porta del nulla.

Quando esco dall'acqua le gambe mi tremano, mi siedo sulla panca dello spogliatoio e tolgo la cuffia. Appoggio la testa sulla parete, e chiudo gli occhi, la memoria del neon disegna una traccia luminosa nel buio. Respiro, tutti i pensieri ricominciano a fluire, si infilano nei fluidi del corpo, fino nei capillari più sottili. Mi chiedo se ci sarà mai pace, se riuscirò a venirne fuori.

Mi torna in mente quella volta, al mare, molti anni fa, doveva essere la fine di settembre. In spiaggia non c'era nessuno, a un certo punto mi spogliai, mi misi a correre e mi tuffai. L'acqua diventò subito profonda.

Nuotai a lungo, provando una strana felicità, quella ebrezza che solo il mare aperto riesce a donare, la spiaggia, dietro di me, era una linea sottile.

Dopo quasi un'ora decisi di tornare. Ero molto distante dalla riva e mi diedi da fare, cominciavo a essere stanca. Fu in quel momento che la vidi, o forse è più giusto dire che la sentii. Quella presenza, sotto di me. Una sagoma scura, enorme.

Il panico mi contrasse i muscoli, le gambe non rispondevano più ai comandi, morse dai crampi. Per alcuni istanti, che la memoria adesso dilata in un tempo lunghissimo, mi convinsi che sarei morta. Pensai lucidamente che sarei sparita dal mondo, al largo di una spiaggia di ciottoli, senza che nessuno potesse accorgersi di me. E in quegli istanti provai un sentimento che proprio non riesco a spiegare, da una parte la paura, nella sua forma netta, compiuta. Dall'altra la consapevolezza improvvisa di quella sproporzione ineluttabile tra le mie forze e l'immensa potenza del mare. Uno stupore quasi ancestrale, un paradossale senso di ammirazione per l'armonia di quegli istanti, di quella me che svanisce tra i flutti. Stavo per lasciare, non vista, la mia forma terrestre per mutarla in chissà quale forma di vita subacquea.

Poi i crampi passarono, l'ombra sotto di me sparì e lentamente riuscii a tornare a riva. Quando uscii dall'acqua mi avvolsi nel telo, tremavo, battevo i denti, giurai a me stessa che non lo avrei più fatto. Non mi sarei più spinta in mare aperto, e avrei rinunciato all'ebrezza, quel senso ineffabile di libertà. Non ho mai più incontrato, neanche nei sogni, quell'ombra, sotto di me.

«Viola...»

Faccio un salto. È la ragazza che ho conosciuto qui, qualche giorno fa.

«Scusa, ti ho spaventata...»

«No...»

«Tutto bene? Sei pallida.»

«Sì... tranquilla... niente, è che... oggi ho esagerato. Sono stanchissima.»

«Fai una bella doccia e ti passa...»

«Sì... hai ragione, grazie...»

Mentre ci rivestiamo mi chiede se mi va di andare a prendere un caffè. Casa sua è a due passi da qui. Valeria è simpatica, sprizza energia vitale.

«Non lo so... è che oggi ho un sacco di cose...»

«...un caffè, non farti pregare.»

«...okay dai... alle tre e mezza però devo schizzare via, ho un impegno in laboratorio.»

«Abbiamo tutto il tempo. Ora che ci penso voglio anche mostrarti una cosa.»

«Cosa?»

«Sorpresa...»

La casa è a due passi dal centro sportivo. Vive in un appartamento disordinato, abiti accumulati ovunque, il soggiorno è ingombro di tutto, pile di riviste, strumenti musicali, un pianoforte a mezza coda, scatole piene di libri. E una statua kitsch verniciata di rosa.

«Sì, lo so, è orrenda. A Cinzia piace e non posso farci niente. Non ti formalizzare per il casino, ti prego. Sto in pieno trasloco e divento matta, e poi non so come conservare i libri perché ho paura di non ritrovarli più.»

«Quando ti trasferisci?»

«Spero a giugno, ma la ristrutturazione è ancora in alto mare. Quindi temo non prima di luglio.»

«E quando hai detto che vi sposate?»

«Fine settembre. Il ventuno.»

«Be', hai tutto il tempo, dai.»

«Dici? Cinzia finisce il suo contratto a Berlino alla fine di agosto, quindi devo vedermela tutta da sola.»

Torna dalla cucina con due tazze di caffè e un piattino con dei biscotti al cioccolato.

«Ho solo questi, scusa. Casa piena, frigorifero vuoto. Come sempre.»

Sposta delle buste e ci sediamo sul divano, poi fa partire un pezzo dallo stereo, affondato in un tavolo ingombro di carte. Rachmaninov, *Concerto per pianoforte in do minore*. Sulla parete è appoggiata la custodia del violoncello.

«E tu?»

«Io cosa?»

«Sei sposata, hai un compagno?»

«No... in questo momento poi... sono una specie di eremita.»

«Come mai?»

«Boh, è un periodo… passerà.»

«Non sei mai stata sposata?»

«No, mai.»

Chiacchieriamo ancora, poi mi fa segno di attendere. Sparisce dietro una porta e torna subito dopo con un involucro di carta velina. Lo scarta, con attenzione, e tira fuori un cofanetto di madreperla, dentro ci sono quattro boccette di vetro con i tappi dorati.

«Cos'è?»

«Devi dirmelo tu, sei tu l'esperta di profumi. A me hanno detto che dovrebbe essere del Settecento, potrebbe essere addirittura di qualcuno della corte di Maria Antonietta.»

«E come te lo ritrovi in casa?»

L'ho comprato a Berlino, da un antiquario che stava chiudendo la baracca. Cinquanta euro.»

Sorrido, e provo a esaminare le boccette, sono di forma rettangolare e con le facce decorate da incisioni floreali, ne apro una, ma ovviamente non c'è traccia di odori. Le racconto quello che so, nel Settecento si attribuivano ai profumi molte proprietà, alcune quasi miracolose, e che in genere le donne di corte, e la stessa regina, ne facevano uso per coprire gli odori corporei.

«Non si lavavano molto a quell'epoca, ahimè.»

«Che schifo…»

«Già. Comunque sì, sembrano proprio boccette di acqua profumata, il tipo di custodia mi fa pensare che fosse un cofanetto da viaggio.»

«E veniamo a noi.»

«Cioè?»

«Mi piacerebbe riempire le boccette, vorrei fare un regalo a Cinzia. Posso commissionarti questo lavoro?»

«Vuoi riempire le boccette di profumo?»

«Sì esatto, ma non mi va che sia una roba commerciale, voglio che sia solo per lei. Si può fare?»

«Certo, perché no? Un giorno vieni a trovarmi in laboratorio e ti faccio sentire alcune essenze.»

«Fico!»

Finisco di bere il caffè. Parliamo d'altro. Lei mi racconta della sua passione per la musica, è diplomata in violoncello ma sin da piccola suonava un po' tutto, la scuola è stata un ripiego.

«Avrei voluto fare la concertista, girare il mondo. Sono brava.»

«E perché non lo hai fatto?»

«Boh, sono una casinista, questa è la verità. Quando ho vinto il concorso nella scuola ho pensato che non potevo rinunciare allo stipendio, capito, anche se non è un granché.»

«Magari sei ancora in tempo, se vuoi...»

«No... ormai è andata così.»

Cinzia, la sua compagna, si occupa di tutt'altro, è una docente di fisica teorica, è molto più grande di lei. Si sono conosciute per caso in un locale.

«L'ho agganciata io, avevo anche bevuto un po'. Pensavo che sarebbe durata una notte soltanto e invece...»

«E invece a settembre vi sposate.»

«Esatto...»

«Sei felice?»

«Sì...»

E mi bacia.

All'improvviso. Senza dire altro.

Prima dolcemente, poi con forza si apre la strada, e la lascio entrare, le sue mani sui capelli, le mie. Il sapore mi confonde. Sento correre l'elettricità sui muscoli della schiena.

Mi prende la mano e mi porta in camera da letto, mi spoglia, il suo corpo giovane, sodo, si avvinghia al mio. Sento l'odore, acidulo, selvatico. La sua lingua, i seni che premono sui miei, fino quasi a farmi male. E facciamo l'amore, muovendoci all'unisono, nella penombra, in questa stanza affogata nel disordine.

Poi restiamo stese, senza dire nulla. Sulla parete di fronte la carta da parati beige, divorata dall'umidità, mi fa pensare a tutte le vite trascorse, a tutti i silenzi di cento anni prima.

Mentre ci vestiamo lei sembra improvvisamente timida, e io provo disagio, il desiderio di sparire. Infilo gli stivali e prendo la borsa. Mi prende la mano.

«Ci vediamo in piscina?»

«Sì...»

«...la prossima settimana vengo in laboratorio, allora.»

«Sì...»

Mi dà un bacio sulla guancia e chiude la porta.

E io resto davanti alla porta chiusa. Dentro sento suonare Lang Lang.

Scendo le scale, le gambe mi tremano un po'.

L'interno dello stabile si è acceso dei colori del tramonto, i raggi incrociano il ritmo uguale degli scalini.

Mi pare di essere lontana da tutto. Il passato si dissolve, il futuro non esiste.

Ogni istante si sfarina tra le dita.

Quando sono fuori cammino veloce, non esisto.

Ho undici anni, prima di entrare in acqua dico a mamma che non mi sento bene. Sei solo un po' svogliata tesoro, mi dice così, ma io penso davvero mamma non mi sento bene. Mamma ascoltami, non mi sento bene, ti giuro. Portami a casa. Portami via da qui.

Però non lo dico, lo penso e basta. È così infilo la cuffia e mi tuffo.

Lei si siede sulla gradinata e comincia a leggere e mentre nuoto la guardo, lo faccio sempre e ogni volta lei mi sorride e torna a leggere. Ma questa volta non mi guarda. Non mi vede.

E allora nuoto, nuoto, mi concentro sulle bracciate, su ogni movimento, e il mondo sparisce. Affondo nel silenzio subacqueo, e comincio a piangere, tanto non si vede, piango e non si vede. Sento il dolore venirmi addosso, penetrarmi, fondersi con me. E io lo accetto, come una cosa dovuta, come se qualcuno lo avesse assegnato, una parte di dolore del mondo che è mia. Sono la custode inconsolata di un dolore inspiegabile.

E a un certo punto il mondo si muove, si agita intorno, tutto diventa confuso. Gli altri cominciano a urlare. I bambini strillano, io li guardo, e loro guardano me. E non capisco.

Mi volto da una parte e dall'altra, tutto gira, tutti scappano. Il mondo cambia colore.

Dio mio, penso, Dio mio. Il mondo finisce davvero. Tutto diventa rosso. Tutto diventa nero.

Poi svengo.

Quando mi sveglio mamma mi tiene la mano. Le luci sono spietate, muovo la testa e vedo le altre bambine, oltre la porta dello spogliatoio, gli occhi allarmati.

«Cosa è successo mamma?»

«Niente tesoro, stai tranquilla. Non è successo niente.»

Mi gira la testa, mi viene da vomitare.

Poi vedo il telo che mi copre come una mummia. E mi metto a urlare. Urlo come una pazza, fino a che lei mi salta addosso e mi abbraccia.

Mi abbraccia fortissimo, devo stare tranquilla, tranquilla amore mio, non c'è nulla di cui avere paura.

Non riesco a cancellare dalla mia testa quel giorno.

Mi vedo, magrissima, davanti allo specchio di casa, le labbra livide, gli occhi gonfi di pianto.

Il giorno del mio primo ciclo mestruale. In quel momento, davanti allo specchio, penso mamma ti odio, se mi avessi ascoltata non sarebbe successo. Ti odio mamma, ti odierò per sempre.

Lo dico diecimila volte nella mia testa, davanti

allo specchio, non riesco a cancellare le facce delle altre bambine, la piscina allagata di sangue.

Come farò a dimenticare, mamma?

E lei non dice nulla, incassa tutto l'odio del mondo e continua ad accarezzarmi i capelli.

Se solo potessi, adesso, odiarla così. E piangere sul suo petto.

Sono passati i giorni.

Vivo dentro una pellicola trasparente, che si fa ogni giorno più spessa. Sono tornata a casa di mia madre. Ho letto e riletto le lettere scritte a Giulia, Marianne, Niraj, Georges, e non ci trovo nulla di così diverso da quello che scriverebbe una qualsiasi ragazza di vent'anni. Ho cercato ancora nei cassetti, senza sapere cosa cercare. Ho trovato un costume intatto di carnevale, di quando ero bambina, insieme ad altre reliquie dell'infanzia. Le scarpine di pelle bianca del battesimo, gli animaletti, un orsetto di peluche consumato. Ho trovato le mie pagelle, conservate nel loro ordine, dalla prima alla quinta elementare. I diplomi delle gare di nuoto, le medaglie di finto oro, finto argento, finto bronzo. Tutte cose che non sapevo che mamma conservasse, ma che non mi ricordano altro che quello che sono.

Mi accendo una sigaretta, sento fluire il fumo nei polmoni. Le piante agitano le chiome sul terrazzo del palazzo di fronte, come strilli muti. Oltre il muro vedo il cielo sanguinare. Apro la finestra e inalo l'aria fredda, respiro profondamente.

Mi manca sentire gli abbracci, il corpo che avvolge, l'odore della pelle.

Sono tornata in questa casa per cercare un indizio, ho annusato le camicie, i foulard. Il profumo inestinguibile della sua pelle, che prima o poi si estinguerà. E adesso mi sembra di non sapere più nulla, vedo sfumare il suo volto nel volto di un'altra.

Ho passato giorni ad ascoltare quel nastro, alla ricerca affannosa di qualcosa che sveli l'ombra che si fa spazio, dentro di me. La ragazza con cui parla Barbara ha un timbro scuro, parlano e fumano, posso distinguere lo schiocco muto che fanno le labbra quando aspira dalla sigaretta. Mamma la chiama *ma biche*, mai per nome, e l'altra risponde *ma biche*. A volte ridono sguaiatamente, non capisco le parole, ma alla fine dicono quello che dicono due ragazze di vent'anni che hanno bevuto, fumato, e che per qualche motivo hanno deciso di registrare le loro voci.

Non succede niente. Tranne una cosa, alla fine del nastro.

Dopo il lungo fruscio che segue la conversazione si sente un rumore indistinto e in mezzo al rumore di fondo di nuovo la voce di Barbara che dice *ti odio*. Poi ancora il fruscio, fino a che il nastro smette di girare.

A chi diceva ti odio, mia madre?

Nel pomeriggio, quando arrivo in studio, Nora è davanti alla porta che aspetta. Mi sorride.

Ci accomodiamo sulle poltrone, lei ripone il soprabito accanto a sé, i gesti sono sempre composti. La sua espressione, quieta, è appena increspata dall'emozione.

«Come sta, Nora?»
«Bene, grazie. Lei?»
«Bene...»
Mi muovo in uno spazio duale, provo a uscire, piano, dagli ingombri della mente.
«Posso offrirle una tisana?»
«Grazie, sì...»
«Limone e zenzero o frutti di bosco?»
«Frutti di bosco...»
«Un cucchiaino di miele?»
«Sì...»
Riempio il bollitore e preparo le tazze, fuori c'è ancora luce, le giornate si stanno allungando.
«Mi piace molto il miele. Lo sa che le sorelle avevano due arnie nel giardino del convento?»
«Bello...
«Lo producevano solo per l'uso delle religiose. Intorno al monastero c'era un appezzamento di terreno piuttosto grande, l'orto, il frutteto, e sul confine della proprietà le arnie. Qualche volta mi consentivano di assistere all'estrazione del favo.»
«E non aveva paura?»
«No... mi coprivano il viso con una retina sottile e mi facevano indossare dei guanti da lavoro.»
«Cosa si ricorda?»
«Suor Rosa era la più esperta, era robusta, quando si bardava tutta per lavorare sembrava un palombaro. La guardavo mentre estraeva i cassetti che contenevano il favo. Le api le si arrampicavano ovunque, le mani, le braccia, il viso, ma lei era tranquilla, pareva quasi non accorgersene.»
«Credo che non avrei il suo coraggio di bambina.»

«Ha paura delle api?»

«Non in particolare, ma non ho un buon ricordo di una volta che sono stata punta.»

Verso l'acqua bollente nelle tazze e gliene porgo una.

«Posso farle una domanda, Nora?»

«Certo.»

«Ha mai pensato di tornare a vedere il convento in cui ha vissuto?»

Lei resta qualche istante in silenzio, si tocca i capelli, perfettamente ordinati dietro la nuca.

«L'ho fatto. Diversi anni fa. Ma una volta sola. Ero appena andata in pensione.»

«...»

«Proprio in quei giorni stavano montando le impalcature per mettere in sicurezza la struttura. Tutto l'edificio era transennato. Chiesi agli operai di poter entrare, solo per qualche minuto.»

«...»

«È stata una sensazione strana. Ero andata via da lì che avevo cinque anni, e fuori dal convento mi sembrava tutto così diverso. Le strade erano asfaltate, la campagna, invasa dalla periferia urbana, il monastero era nascosto da una cortina di vegetazione. Un operaio mi fece strada e mi accompagnò all'interno, riuscii a vedere il refettorio, una cella e il chiostro. Il resto era tutto puntellato per il restauro.»

«...»

«Era tutto così strano, sì...»

«Perché?»

«Non so come spiegarglielo, era come se tutto

appartenesse a un'altra me, a una vita non mia. Riconoscevo i luoghi, ma quel luogo mi pareva mutato, senza essere cambiato.»

«Mutato...»

«Sì. Intanto era tutto più piccolo di quello che ricordavo, ma questo è normale. Se le è capitato di tornare nell'aula delle elementari che ha frequentato da piccola avrà provato una sensazione simile.»

«Sì, certo...»

«Oltre a questo però c'era... un senso... come posso dire... un senso di immanenza, che non so spiegarle. Ecco, mi sembrava di essere a Pompei, dopo l'eruzione del vulcano. I luoghi erano intatti, cristallizzati, eppure perduti, come se la vita li avesse abbandonati per sempre.»

«E cosa provò?»

«Dopo il primo disorientamento, provai una specie... ecco, una tenerezza... cominciarono a fluire tante immagini, i ricordi di una breve vita felice. Non sono neanche più sicura che quei ricordi siano veri, le scodelle del refettorio, la messa nella cappella la domenica mattina, suor Marta che mi leggeva le fiabe di nascosto.»

«Perché di nascosto?»

«Non lo so, credo che la madre superiora non fosse d'accordo. Ma non so dirle perché.»

«...»

«Lo sa che la favola dei *Tre porcellini* deriva da una lettera di san Paolo?»

«Davvero?»

«Sì, per la precisione dalla prima lettera di san

Paolo ai Corinzi. Non deve sorprendersi, molte fiabe che nascono dalla tradizione popolare derivano dalle sacre scritture, Andersen, i fratelli Grimm hanno pescato abbondantemente nei testi biblici.»

«...»

«Poche settimane dopo la mia visita un'ala del monastero crollò e l'edificio alla fine fu abbattuto.»

Avvicina la tazza alla bocca e sorseggia la tisana. Siamo tutti alla disperata ricerca di un segnale, una traccia, qualcosa che riporti al passato, e dia un senso al presente. Nora, Raoul. Io stessa.

«Nora... in questi giorni ho riflettuto attentamente. Non sono... non sono sicura di essere in grado di aiutarla. Mi creda, mi piacerebbe davvero poterlo fare, ma non voglio illuderla. I tentativi che potremmo fare potrebbero solo crearle delle false aspettative. È mio dovere dirglielo.»

«Non se la sente...»

«Forse sì... forse è proprio così: non me la sento.»

Non me la sento. Sono diventata abilissima a fuggire dalle situazioni, a rinunciare a tutto, questa è la verità. Come se non riuscissi più a provare un'emozione vera, non faccio più nessuno sforzo per provarle. Mi porto addosso quello stupido dolore del mondo di quando ero bambina, non sono capace di lasciarlo andare. Continuo a cercare un colpevole per questo mio non sentire, questo svuotamento dell'anima, ma non lo trovo.

«Mi dispiace non averglielo detto subito, mi creda. Forse avrei dovuto. Ma sono successe... sì, insomma, stanno succedendo delle cose...»

«...»

«Non sono abbastanza serena, forse non ho la giusta lucidità. Non riesco a mettere la distanza che serve. Lo capisco soltanto adesso, devo sospendere le sedute.»

«Mi dispiace.»

«Dispiace anche a me, mi creda. Ovviamente desidero che lei non paghi nulla per i nostri incontri.»

Prima di andare mi dice che comunque le farebbe piacere venire a salutarmi, di tanto in tanto. Farebbe piacere anche a me. Glielo dico mentre mi stringe la mano. Prende il foulard dalla borsa e lo indossa, come usava molti anni fa, ed esce.

La guardo, mentre si allontana, poi torno dentro e chiudo la porta.

Resto ferma, per un po'.

Spengo la luce, ma resto ancora ferma lì, al buio.

Sulla strada mi fermo a comprare qualcosa per cena, il sole è appena tramontato. Nel parco l'acqua della fontana vibra di minuscoli fremiti, sta cominciando a piovere, i pesci si muovono nella penombra. Prendo qualche mollica di pane e la lancio nella vasca. Rimango a guardarli, le bocche affiorano e poi scompaiono.

Quando entro in casa il silenzio sembra definitivo, mi spoglio e faccio una doccia, resto a lungo sotto il getto caldo, poi infilo l'accappatoio e mi siedo sulla poltrona. Bevo un sorso di vino, sperando che l'alcol riscaldi questo gelo insensato.

Chiudo gli occhi, forse ho solo bisogno di dormire, forse domani andrà meglio. Resto con gli occhi chiusi e mi sembra di sentire soltanto pioggia, e mi ricordo di quella volta che da bambina non riuscivo a saltare una pozzanghera, avevo gli stivali gialli, mi specchiavo nella superficie tremula, che rifletteva i palazzi, sopra di me, ma non avevo il coraggio di saltare. Mamma mi disse che potevo farcela, dovevo lanciarmi. Io guardai di nuovo la pozza, così scura, e pensai che fosse abitata dai mostri delle profondità. Ma alla fine spiccai un salto. Quando atterrai, mamma applaudì e io mi sentii così fiera.

Che bella che era Barbara quando rideva. Forse ha ragione Moretti, la ragazza delle foto a Parigi mi sembra così diversa perché il ricordo di mia madre è offuscato dalla sofferenza degli ultimi giorni. Mi riassalgono quelle immagini, lei con gli occhi semichiusi, la voce flebile, e io che provo a distrarla, tenendole la mano.

Una sera, stordita dai farmaci, mi disse qualcosa, muovendo piano le labbra. Vuole parlare con un prete.

E io sentii una scossa su tutto il corpo. Non conoscevo nessun prete, dovevo chiedere aiuto.

Uscii dalla camera e fermai la caposala, lei mi indicò un foglietto di carta esposto in bacheca: *C'è il numero di Pietro, un frate francescano.* Copiai il numero sullo smartphone e provai a chiamare.

Mi rispose una voce di ragazzo, mi dice che è lui, sì, Pietro. Mi scuso per l'ora, gli spiego quello che sta succedendo, temo che non ci sia molto tempo. Lui restò in silenzio per qualche secondo, poi con quella voce di ragazzo, rispose. *Mi dia una mezz'ora.*

E in quel tempo stretto le tenni la mano, le accarezzai la fronte, le baciai la guancia. E lei reagì appena, piccolissimi movimenti del viso. Mi sembrò così fragile, così indifesa.

Poi Pietro si affacciò sulla porta, senza fare rumore. Mamma lo vide e lui le sorrise. Prese una sedia e si sedette accanto al letto. E io uscii dalla stanza.

Non so quello che si dicono, mia madre non è stata mai religiosa, non lo so se pregano, resto seduta sulla panchina di formica e non sento nulla. Solo il suono dei macchinari, nelle stanze, il corridoio è deserto. Quando Pietro esce il viso mi sembra più teso, poi mi sorride, e con quella voce fresca di ragazzo mi dice che Barbara è tranquilla. Adesso è tranquilla.

Per un istante penso che voglia dirmi che è morta, poi mi dice che dorme. Gli prendo la mano e lo ringrazio, non so cosa dire, mi sembra di non sapere più nulla.

Poi torno nella stanza, mamma ha le labbra socchiuse, il respiro è regolare.

Quella notte muore.

Finisco di bere il vino, da una finestra del palazzo di fronte arriva il riflesso di un televisore.

Da un'altra si diffonde una luce arancione, un lampadario illumina la tavola, in cucina. Sono tutti seduti per cena. È una sera come un'altra.

*Ho trascorso tutta la mattina ai giardini di Luxembourg. È passato del tempo, non so dire quanto. Fa molto più caldo.*
*So solo che sta arrivando la bella stagione.*

*Ci vengo spesso qui, a fare colazione. Mi piace starmene seduta, senza far niente. A volte ho la sensazione che tutto esista nell'istante in cui esiste, e poi si dissolva. Un mondo presente, pronto a essere dimenticato.*
*Ho mangiato mezza baguette con burro e prosciutto, i passeri vengono a becchettare tra i sassolini di ghiaia, sotto la panchina. Di fronte la vasca di pietra, piena d'acqua, immobile, in un torpore oleoso. Poso il libro che sto leggendo, socchiudo gli occhi e respiro. Mi sento invasa da una leggera felicità, mentre la brezza mi accarezza le guance.*
*Due panchine più in là una mamma e una figlia, la bambina porta una divisa scolastica verde e bianca, e un cravattino azzurro intorno al collo. La scuola sta per finire. Sono sedute, assorte, leccano un gelato di vaniglia e cioccolato, all'unisono.*
*La vasca della fontana de' Medici si stende come un corso d'acqua, termina con la scalinata in cima alla*

*quale Aci e Galatea si abbracciano, sovrastati da Polifemo. Li sta spiando, minaccioso. Sento tutto vibrare. La chioma degli alberi, la superficie dell'acqua, la mia pelle.*

*Ieri sera sono stata a Champo, davano* 8½ *in una rassegna d'essai. Mi sembra di averla fatta sempre, quella strada, il marciapiede stretto e lungo, le scarpe di cuoio con le stringhe, gli scaffali affollati della libreria Vrin, la boiserie color verde bottiglia dell'Hotel Central.*

*Ogni immagine si ricompone, davanti ai miei occhi. Tutto è di nuovo presente. Posso entrare e uscire dai giorni, come un illusionista.*

*Davanti al cinema c'è molta gente. Loro due fanno capolino in fondo alla coda e mi salutano. E io mi sento in pace, mi sento accolta. Parliamo, ridiamo, con quelle risate così familiari. Poi entriamo. In sala fumano tutti, l'odore del tabacco si impasta a quello più acre delle canne che girano un paio di file dietro di noi. Poi le luci si spengono.*

*Il fascio luminoso del proiettore taglia la cortina di fumo, e avverto l'emozione delle mani, quel formicolio, quando il film sta per cominciare. Mi volto di lato e vedo il suo profilo, il naso, la sigaretta che pende dalle labbra. E sono felice. E ho paura.*

*Dopo il film ce ne andiamo in un bistrot affollato.*

*Georges sa tutto di Fellini, e noi lo prendiamo in giro, per quel modo un po' pedante di raccontare. Discutiamo, animatamente, ma non riesco a seguire le parole, svaniscono velocemente, diventano mute. E attraverso il fondo del bicchiere, quel mondo affollato si distorce, sfuma, fino a dissolversi.*

*Quando mi accompagnano a casa, ci abbracciamo.*

*Sento distintamente l'odore dei corpi, il sudore, il tabacco, l'essenza di bergamotto sul collo di lei.*

*E se ne vanno abbracciati, discutendo ancora, e ridendo.*

*Prima di girare l'angolo lei si volta a guardarmi.*

*E mi sento trafitta.*

*Il mio corpo trema, come uno stelo al vento.*

Dalle vetrate della piscina vedo le nuvole, gli alberi, la pioggia battente, qualche volta anche i lampi. I tuoni risuonano all'interno, come la voce di un dio lontano.

Sapere che fuori piove mi regala un'ebrezza infantile. Quando ero piccola immaginavo che l'energia prodotta da ogni bracciata servisse a proteggere l'astronave a bordo della quale stavamo viaggiando, tra le violente turbolenze della troposfera. Ma grazie a me, tutti erano al sicuro. Oggi siamo solo in due, un paio di corsie alla mia destra un signore ormai anziano alterna stile e delfino, è un ex atleta. Uno stacanovista, come me. Ci incontriamo di tanto in tanto, lui saluta con garbo, e io rispondo. Poi entriamo in acqua e non abbiamo più contatti, fino al momento di uscire.

Resto un paio di minuti sul bordo della vasca, con le gambe penzolanti. Il mio allenamento quotidiano è un rito di astrazione, un isolamento metodico, necessario. Compio sempre gli stessi gesti, l'identica misura in ogni singola azione: mi spoglio, indosso il costume, faccio gli esercizi di riscaldamento, entro in acqua, e da quel momento è come se varcassi la soglia, ed entrassi in una allucinazione molle, quasi psichedelica, la mente moltiplica la sua capacità di vedere, sperimenta il limite, lo attraversa e mentre tutto questo accade il corpo agisce, nella routine delle bracciate, del respiro.

Sono tornata ancora a casa di mia madre. Manuela ha insistito più volte per accompagnarmi, ma le ho detto di no, sento che devo essere sola in questa cosa. Ho passato dei giorni a svuotare i cassetti, gli armadi, infilandomi nel cuneo d'ombra della vita di Barbara, dedicandomi, meticolosamente, alla perquisizione della sua esistenza. Ho letto e riletto tutta la corrispondenza, ho perfino ascoltato i nastri che mamma registrava nel corso delle sue conferenze. E ho avuto sempre più la sensazione di dover continuare a cercare. Ho passato in rassegna le minuterie della memoria, i piccoli rottami dell'infanzia, cose che non hanno più nome, né funzione. E mi è parso sempre più chiaro che, accanto al vuoto che la sua morte ha scavato, c'è una voragine alla quale non mi sono mai davvero affacciata. Non riesco a capacitarmi di essermi decisa a farlo soltanto adesso.

Mentre nuoto, questo pensiero risuona, come un tuono in lontananza. E mi pare di essere insieme bambina, adolescente, e poi donna adulta, davanti a lei. Riesco a vederla, riesco a vedere me stessa. Chi eri mamma, prima di me?

E poi la domanda alla quale non c'è stata mai una risposta, e mai ci sarà.

Chi era mio padre?

Nelle lettere, negli appunti scritti a margine dei libri, nelle agende, non c'è nessuna traccia, nessun indizio di lui. È possibile che quel ragazzo, quell'uomo, non sia mai apparso nelle cose dette e scritte, con le amiche. Tranne forse quel brandello di registrazione, sopravvissuto per caso. Tranne forse quella frase, cancellata a metà, *ti odio.*

Era lui che stavi odiando, mamma?

Era mio padre quello che maledicevi?

Dopo l'allenamento faccio una doccia calda, mi rivesto ed esco. C'è una pioggia cattiva, l'acqua mi batte sul viso, le gocce scivolano sulla schiena, come anguille. Quando arrivo allo studio di Moretti ho i capelli zuppi, li asciugo alla meglio con le salviette che trovo in bagno. Il neon sopra lo specchio mi segna il viso, le occhiaie profonde.

Torno in sala e resto in attesa. Quando la porta si apre, esce dallo studio una signora con un'espressione arcigna, e un profumo insopportabile. Busso e mi affaccio.

«Viola... prego, mi dia solo un minuto.»

«Posso aspettare fuori se preferisce.»

«No, si accomodi. Nessun problema.»

E così entro. Lascio la borsa su una sedia e per ingannare il tempo mi metto a guardare le riproduzioni alle pareti. Nell'aria ancora una scia di muschio bianco e altro che non riesco a decifrare, in un impasto letale. C'è una foto in bianco e nero che mi incuriosisce, da sempre, Picasso a torso nudo disegna una curva con la fiamma di un accendino. Mi colpisce non solo il gesto, ma il fatto che

Moretti gli somigli molto, specialmente adesso che sta invecchiando, e non me ne ero mai accorta. Lo osservo e, istintivamente, sorrido. Lui se ne accorge e, tenendo gli occhi bassi sui suoi appunti, si schiarisce la voce.

«Lo pensa anche lei?»

«Cosa?»

«Quella foto... anche lei pensa che mi somigli?»

«In effetti, sì.»

«È un regalo di mia moglie, me lo dice da sempre.»

«Che somiglia a Picasso?»

«Già. Ma aggiunge che non sarò mai un artista come lui.»

«In che senso?»

«Sì... dipingo. Niente di che.»

«Non lo sapevo.»

«Non era tenuta a saperlo.»

«Che tecnica usa?»

«Soprattutto tempere e acrilici.»

«Interessante...»

«Davvero?»

«Be' sarei curiosa di vedere qualcosa.»

«Mi spiace deluderla, ma temo che non accadrà. Sono consapevole dei miei limiti.»

Ripone il blocchetto in un cassetto, toglie gli occhiali e li posa sulla scrivania. Infine versa un po' d'acqua in un bicchiere, da una brocca di cristallo.

«Vuole un po' d'acqua?»

«No, grazie. Sono a posto così.»

«Bene, allora... cosa voleva dirmi? Al telefono l'ho sentita piuttosto agitata.»

Mi passo una mano sui capelli, ancora umidi. E mi stringo la punta del naso, tra pollice e indice. Lo faccio spesso quando sono nervosa.

«Effettivamente, sì. Sono... carica di ansia libera.»

«Quindi vediamo di trovare un rimedio.»

«Sì...»

E comincio a raccontare. Gli dico di questi ultimi giorni, che sono stata più volte a casa di mia madre, che ho messo sottosopra gli armadi, alla ricerca affannosa di qualcosa che non so. E poi di come, progressivamente, si siano fatte largo nella mia testa quelle domande. Non riesco a capacitarmi di non essere riuscita, quando era possibile farlo, a convincere Barbara a raccontarmi di più, quando ho provato a chiederle di mio padre. Non so praticamente nulla. Perché ho accettato, per tutta la vita, che questo argomento fosse un tabù, un vicolo cieco, in cui non bisognava addentrarsi? Sono figlia di un incontro fortuito, senza futuro, però conservo, fuori e dentro di me, i tratti dell'eredità genetica. Il mio naso, i miei occhi, la mia struttura longilinea sono certamente il patrimonio di quell'uomo senza identità. Ma mio padre, ammesso che possa chiamarlo così, non è mai esistito.

Moretti ascolta imperturbabile, e come sempre mi sorge perfino il dubbio che stia pensando ad altro.

«Mi sento così stupida, così impotente.»

«Viola... quando è stata da me in terapia, anni fa, abbiamo affrontato il problema con molta attenzione, ricorda?»

«Sì. Ricordo bene anche le conclusioni, bisognava accettare l'assenza come un fatto definitivo, strutturale. E così è stato, per quasi vent'anni. Ma ora...»

«Ora?»

«Non lo so. Per tutti questi anni, non potendo dare un volto a chi mi ha generato, ho lasciato che l'idea di lui si annacquasse nell'oblio.»

«Vero, ma insisto, cosa è cambiato rispetto a prima?»

«Davvero, non lo so. Il vuoto che ha lasciato mia madre è un pozzo senza fondo, e in quel buio sento risuonare quella presenza, una voce, un nome che non ho mai conosciuto. Si rende conto che da qualche parte del mondo quell'uomo esiste, vive una vita normale, magari ha una famiglia, e io dei fratelli di sangue che non conoscerò mai?»

«Sì certo, e capisco che sia difficile, anche doloroso. Ma sono le stesse cose che mi ha detto allora. Ricorda come andò?»

«Sì... lei mi consigliò di parlarne apertamente con mia madre, avrei dovuto... costringerla a dirmi di più. Ci ho provato, lo sa, ma non ce l'ho fatta. Mi sembrava... sì insomma, mia madre si chiudeva, diventava un'altra, lo sguardo si induriva, sembrava che qualcosa la scuotesse dentro. E poi non mi parlava per ore... e alla fine mi convinsi... sì, che in fondo, quel ragazzo non era altro che l'avventura di una notte, che non c'era da nessuna parte un uomo che sapesse di me, della mia vita, della mia stessa esistenza. E allora decisi che, in fondo, le poche cose che avrebbe potuto dirmi, non avrebbero cambiato nulla. In fondo quell'uomo, ammesso che oggi sia ancora vivo, sarebbe solo un estraneo. Io non ero mai esistita, per lui. E dovevo accettare, una volta per tutte, che lui non esistesse per me.»

«Quindi, mi perdoni, se insisto. Perché vuole occuparsi di questo? Cosa è cambiato, da allora?»

«Barbara è morta.»

«Certo, è morta. Ma è un dolore a cui riuscirà ad abituarsi, col tempo. Le sto chiedendo se è cambiato qualcos'altro.»

Sento salire una vampa di caldo sul viso, mi tremano un po' le labbra. Respiro profondamente.

«Forse... forse io... forse qualcosa sta cambiando in me.»

«Provi a dirlo. Provi a dirlo più chiaramente.»

Ci provo, ma mentre lo dico mi fa male tutto, la testa, gli occhi, lo stomaco, le mani. Tutto quello che so, tutto quello che so di mio padre è dentro poche scarne parole di mia madre, è così. Ma il problema forse è un altro. L'idea stessa della figura paterna, quella che mi ha formato, l'idea del maschio, per contrasto è in quella frase che da bambina, ingenuamente, mi inorgogliva: *Non abbiamo bisogno di nessuno, tu e io.* Quando mamma la pronunciava io mi sentivo fiera, forte di quella diversità gioiosamente sbandierata. Non avevamo bisogno di uomini al nostro fianco.

Ma oggi so che non è così.

«Mi dica meglio.»

«So che... sì, insomma, questa storia di non avere bisogno di nessuno è una favola da raccontare a una bambina. Per non farla soffrire... oppure...»

«Oppure?»

«Oppure per non avere... il coraggio di dire, e fare, qualcos'altro...»

«A cosa pensa?»

«Non lo so. Però vorrei non dover sentire questa rabbia... mi è salita questa rabbia, sì. Mi sembra di essere una... una stronza, ecco.»

«Intende la rabbia che prova nei confronti di sua madre?»

«Sì.»

«Se capisco bene lei vuol dire che il fatto che sua madre sia morta, il fatto che abbia sofferto così tanto nell'ultimo periodo non dovrebbe autorizzarla a essere arrabbiata?»

«Sì... forse è questo. Lo so, mi sento così stupida. Mi sento così in colpa, per tutta la vita ci siamo amate, avremmo dato la vita una per l'altra. Ma credo di non aver mai amato me stessa. Anzi, ne sono sicura. Oggi ne sono totalmente certa.»

«...»

«E però non mi pare giusto, prendermela con lei. Mi sento uno schifo mentre provo questa rabbia, questo risentimento.»

Lui mi guarda a lungo, e muove appena la testa, come per assentire. Poi giunge le mani, nella posizione della preghiera, e le strofina un po'. Infine accenna un sorriso, e il suo sguardo mi appare diverso, è quasi affettuoso.

«Vede, Viola... questa sì, è una grande, incommensurabile... stronzata.»

Per qualche secondo resto basita, Moretti è sempre perfettamente controllato, non gli ho mai sentito dire una parola fuori posto. Lo guardo, e quasi senza accorgermene, comincio a ridere. E rido di più, e anche lui sorride. Rido e piango insieme. In un singhiozzo che non controllo, che non posso fermare. E qualcosa dentro di me fa quel rumore sordo dei ghiacciai, che si staccano, e si inabissano nel silenzio artico.

Smetto di ridere, e lui non dice nulla. Mi passa solo dei fazzoletti, e io mi soffio il naso. Non dico nulla anche io. Ma dopo un paio di minuti lui pronuncia quelle parole, affilate come una spada.

«Viola, è arrivato il momento di scoprire cosa vuole davvero.»

Quando esco dallo studio le strade sono allagate, cade ancora una pioggia leggera. Dalle scale della metropolitana arriva quell'odore stantio, scendo, supero i tornelli e raggiungo la banchina. Mi pervade il sentore rassegnato delle vite in attesa.

Ma io non voglio essere più rassegnata, non voglio più aspettare.

Quando arriva il treno, entro nell'ultima carrozza e mi siedo. Non c'è nessuno di fronte a me, ci sono solo io, riflessa, con i contorni sfumati nel buio.

Dopo l'incontro con Moretti ho trascorso un paio di giorni a chiedermi cosa voglio, e cosa non voglio fare. E se questa ricerca abbia ancora un senso.

Ho deciso di andare in fondo a questa cosa.

E così ho ripreso la scatola e letto ancora le lettere, una per una. Mi sono concentrata sulla ragazza con cui Barbara parla nella conversazione registrata, e ho provato a fare ordine nelle poche informazioni che ho tra le mani. Nel nastro, ridono, scherzano, sono brille. Quando si rivolgono l'una all'altra, si chiamano *ma biche*, che sarebbe come dire tesoro, ma non si chiamano mai per nome. Ritrovo però la stessa espressione in una lettera scritta da Barbara a un'amica italiana che al momento della corrispondenza si trova a Fermo, nelle Marche. Si dicono cose che direbbero due ragazze di poco più di vent'anni, anche se il tono a volte sembra più adulto, come se rivelasse un altro mondo, un mondo che mi sfugge. O forse sono io che lo immagino, quel mondo. Comunque alla fine *ma biche* mi sembra l'unica pista possibile. Si chiama Giulia, senza cognome. Non ci sono buste, né intestazioni.

Mi sono messa a cercare in rete, da questa mattina, incrociando i suoi dati, quelli di mia madre, gli altri nomi dei borsisti e le studentesse della Sorbonne, i soci della Cinémathèque, e altro ancora. Ma non ho trovato nulla. Se non una scheda di registrazione di Barbara a un convegno sul tema della follia nel teatro di Camus. Nient'altro.

L'unico indirizzo che salta fuori è quello di Sarad Mahajan, docente presso l'Indira Gandhi National University di Nuova Delhi, in India. Ammesso che sia lo stesso Sarad che firma una cartolina inviata a Barbara, da Mumbai. La cartolina dice poco, non è altro che un messaggio augurale per il nuovo anno, e poi quanti Sarad Mahajan esisteranno in India?

Mi alzo e vado a bere un po' d'acqua, infilo la guancia sotto il rubinetto della cucina. Sento scorrere l'acqua fredda, e quando smetto di bere ci resto ancora un po'. Mi pare di avvertire qualcosa, in quel gesto istintivo. Poi chiamo Marcello, è a letto con l'influenza da qualche giorno. Mi risponde un po' affaticato, tossisce, ma mi dice che sta meglio.

«Hai bisogno di qualcosa? Dolcetti, giornali, minestra, cosa?»

«Nulla tesoro, grazie. Oggi me ne sto qui a leggere nello studio, con una coperta sulle gambe. Come un vecchio.»

«Ma smettila.»

«Un vecchio bellissimo, *ça va sans dire*...»

«Cosa leggi?»

*Sillabari*, di Goffredo Parise. Centellina ogni pagina, dice, perché non vuole che quel libro finisca.

«Ascolta l'incipit di questo racconto: *Un giorno d'estate una donna di cinquant'anni con un bellissimo nome greco passò accanto a un fiume e guardando un prato di erba alta con pioppi di là dell'acqua ricordò un bacio*. Non è meraviglioso?»

«Sì...»

«Mi sembra tutto così... così sfumato, aurorale. Così giusto.»

Chiacchieriamo ancora di libri, poi cambio discorso piuttosto bruscamente e gli chiedo cosa ricorda delle amiche di Barbara, pur in quelle rare volte che l'ha incontrata a Parigi, in quegli anni.

«Tesoro, non molto. Ricordo un paio di feste in una casa del Quartiere Latino. Ma c'era tanta gente.»

«E il nome Giulia... ti dice niente?»

«Giulia... mi pare fosse una sua amica, sì. Forse era la ragazza che cantava, ma non ne sono sicuro. Perché me lo chiedi?»

«Non lo so... leggevo le carte di mamma e... non lo so, mi sono incuriosita.»

Poi gli dico «ho deciso di indagare», dico proprio così, voglio saperne di più, di quello che non ho mai saputo. Vorrei sapere qualcosa di mio padre, qualsiasi cosa.

«Ho capito... ma... come mai proprio adesso...»

«Oddio, anche tu. Perché adesso è il momento.»

Lo dico bruscamente. Marcello resta in silenzio, e io mi sento una stronza, per come a volte lo tratto.

«Scusami.»

«...»

«È l'unico momento che ho, Marcello. Non mi resta che questo...»

«...»

«Per tutta la vita Parigi è stata un mondo inaccessibile, lo sai, mamma non è mai voluta tornarci. Ogni volta che ci andavo e la invitavo a partire con me lei si incupiva. E io a un certo punto ho anche smesso di chiederglielo. Perché? Dimmi il perché? Non faccio che chiederlo a me stessa, ma non ho una risposta, accidenti.»

«Non lo so il perché, tesoro mio. E non lo sai neanche tu. E allora... perché tormentarsi per qualcosa che non avrà mai una risposta?»

«Non lo. Forse hai ragione tu, ma adesso sento il bisogno di saperne di più. Devo fare qualcosa.»

«...»

«Quindi Giulia non ti dice nulla, ti vengono in mente altri nomi, qualcuno?»

«No, mi dispiace...»

Prima di salutarci, torniamo a parlare di lavoro. Non deve preoccuparsi, gli dico, in laboratorio è tutto a posto, posso cavarmela da sola in questi giorni.

«Per ora pensa solo a riprenderti, la prossima settimana voglio vederti in forma.»

«Okay, la prossima settimana sarò uno schianto.»

«Marcello...»

«Dimmi...»

«Sono una stronza a volte, scusami. Ti voglio tanto bene.»

«Te ne voglio anche io. Tanto.»

«...»

«Ti mando un bacio, tesoro.»

Quando chiudo, resto immobile, schiaccio il naso sulla finestra. Mi viene voglia di piangere ma non lo faccio. Il respiro segna un alone che somiglia alle macchie di Rorschach, non so dare un senso a quella forma, l'alone sparisce, la macchia non c'è più.

Per strada cammino veloce, arrivo in meno di venti minuti. La questura è un edificio imponente, il giallo della facciata si stacca dal grigio che domina il resto della via. Sono venuta a cercare Matteo, un amico che fa il poliziotto, non lo vedo da più di un anno. Non sono sicura che sia una buona idea rivederlo, dopo l'ultima volta, e non sono neanche certa che lavori ancora qui. Quando ho cambiato lo smartphone ho perso tutti i numeri della rubrica, compreso il suo, e non ci ho più pensato.

Ho bisogno di lui, forse è l'unico che può aiutarmi a cercare Giulia.

All'ingresso mi dicono che il commissario tornerà in sede tra poco, se voglio posso aspettarlo nella sala d'attesa, al primo piano. Attraverso il cortile e salgo le scale, poi imbocco un corridoio e vado a sistemarmi nella stanza attigua al suo ufficio. Non c'è nessuno, l'arredo è spoglio, calendari alle pareti, un divano di legno con dei cuscini logori e una grande finestra che non riesce a illuminare a sufficienza la stanza. Il pavimento è bello, però, le cementine romboidali, rosso e arancio, sono incorniciate da un fregio che corre lungo il perimetro della stanza. Due canaline di plastica salgono lungo il muro per raggiungere l'impianto di aereazione. Sulla volta una macchia verde di umidità. Poi più nulla, c'è puzza di fumo rappreso, l'aria viziata dei luoghi usati.

Io e Matteo ci siamo conosciuti una decina di anni fa. Ero in vacanza in Puglia da amici. Rientrando dal Salento mi fermai a visitare Bari, dove non ero mai stata. Era una giornata di vento.

Rimasi folgorata dalla bellezza della città vecchia, dai vicoli, dal colore del cielo, tra le nuvole che si andavano ammassando, poi andai a vedere la basilica di San Nicola.

Quando entrai non c'era nessuno, tranne una suora che lucidava le sedie, ai lati dell'altare. Aveva la pelle scura, di seta, forse era etiope, quando si accorse di me sorrise e riprese il lavoro.

Rimasi seduta per un po', di fronte alla presenza maestosa e scarna dei muri romanici. Nessun fregio, nessun decoro.

Quando uscii stava per piovere, la chiesa pareva una nave bianca in mezzo al mare, che vedevo agitarsi in fondo. I cellophane sui balconi, battuti dal vento, erano i mantelli di cavalieri crociati al galoppo. Le signore camminavano in fretta nei vicoli, e io infilai una stradina, un vicolo così stretto che pareva il corridoio di casa. E la pioggia arrivò. Subitanea, torrenziale. Io rimasi sotto un balcone, a inzupparmi.

Poi passò un tipo che mi offrì un passaggio con l'ombrello, anche se l'ombrello serviva a poco con quel vento, mi disse che potevo stare tranquilla, era un poliziotto. Quella sera restammo a cena in una trattoria di cui non ricordo il nome, dove mangiammo meravigliosamente su una tovaglia sudicia di carta colorata, e dopo cena mi baciò. Poi andammo a casa sua. Passammo la notte insieme, e il mattino dopo ci salutammo, con tenerezza, sapendo entrambi che non sarebbe più accaduto. Qualche volta ci penso ancora, a quella sera così imperfetta e felice.

«Viola!»

Faccio un salto per lo spavento, e lui scoppia a ridere.

«Scusa, sono piombato all'improvviso...»

«No... tranquillo... ero sovrappensiero...»

Ci abbracciamo, gli sento addosso lo stesso odore di fumo e dopobarba di allora.

«Che ci fai qui? Tutto bene?»

«Sì... Tutto bene...»

«Che piacere vederti. Vieni, andiamo nella mia stanza.»

L'ufficio è grande, con la volta affrescata, se non fosse per le scaffalature di metallo piene di faldoni e le sedie di plastica davanti alla scrivania Ottocento, sarebbe una bella stanza.

«Ti faccio un caffè?»

«Grazie, e con questo siamo a quattro.»

«Figurati, io non li conto più.»

Infila la capsula nella macchina per l'espresso e accende. Lo guardo. Ha sempre quell'espressione da ragazzino, gli occhi appena sporgenti e la barba incolta. Mi offre la tazzina fumante e si siede di fronte a me.

«Allora...»

«Allora...»

«Perché non ci siamo più visti, tu e io?»

«Dimmelo tu... io sono sempre stata qui... ho avuto un periodo complicato.»

«Che succede?»

«Da dove comincio?»

Così gli racconto di mia madre, e lui mi sembra sinceramente addolorato. Per consolarmi mi dice che ci è passato anche lui, prima o poi questo momento passerà, e questa sofferenza mi sarà anche utile. Io annuisco. Tutti sanno come funziona, questa faccenda della sofferenza, tranne me. Tutti riescono a riprendersi, a reagire, soltanto io sono dentro una palude e non riesco a uscirne. Finisco di bere il caffè e lui si accende una sigaretta, mi fa un cenno per chiedermi se ne voglio una. Gli chiedo come sta.

«A volte penso che mi sto perdendo tutto.»

«Cioè?»

«Boh... non lo so, i bambini, le amicizie, l'amore. Tutto è passato in secondo piano.»

«È il tuo lavoro, no?»

«Già.»

«Ma stai bene?»

«Sì, dai... tutto sommato sì.»

«Sai che non pensavo di trovarti. Ero convinta ti avessero trasferito.»

«Vado via a maggio.»

«Ah ecco, vedi, non ricordavo male... dimmi dei bambini.»

«Stanno bene... crescono, Luca ha sei anni, va a

scuola. Loredana ne ha tre. Non li vedo mai, tranne un paio di weekend al mese, non riesco a fare avanti e indietro da Roma. E tra poco sarà ancora più difficile, parto per Palermo.»

«Sei preoccupato?»

«Non lo so. Le cose andranno come devono andare. Dimmi di te, però. Sei fidanzata?»

«Macché...»

«E il lavoro?»

«Il lavoro va bene, c'è tanto da fare... perché una sera non vieni a trovarmi in laboratorio?»

«Sì... anche se... sì insomma, non l'ho fatto in questi due anni, sarà difficile che ci riesca in quest'ultimo mese. Ma ci provo, giuro.»

Parliamo ancora un po', e mi accorgo all'improvviso che avrei voglia che mi baciasse, vorrei che lo facesse come allora, senza chiedermelo. Mi sento così patetica. Tutti questi anni intrappolata nella solitudine, tutti questi anni senza baci.

Poi gli dico il motivo per cui sono venuta a trovarlo, ho bisogno di una mano, devo rintracciare una persona. A casa ho buttato giù due righe, c'è scritto tutto quello che so di Giulia. Lui legge in silenzio, poi mi dice che si può provare, forse è meno difficile di quello che sembra.

«Posso chiederti perché vuoi sapere dove vive questa Giulia?»

«Era... era un'amica di mia madre, ho trovato... una sua lettera... tra le carte, insieme ad altre lettere, fotografie. Non lo so, ho la sensazione che potrebbe raccontarmi cose che non so... cose di mia madre, intendo.»

«Okay. Hai qualche idea a questo proposito?»

«No, nessuna in particolare.»

Spero solo che Giulia, o chi per lei, possa dirmi qualcosa di mio padre, e mentre pronuncio questa parola, la vedo disegnarsi nella mente, lettera dopo lettera, e sento un disagio sulla pelle.

Bussano alla porta ed entra un tipo con una cartellina in mano.

«Ah, scusate dottore, pensavo che eravate solo.»

«Entra Vito, non ti preoccupare. Lascialo pure qui, tra poco ne parliamo.»

Prima di uscire l'uomo mi guarda e accenna un sorriso. Io rispondo. Nella stanza si è fatto scuro.

È ora che io vada. Mi alzo, prendo la borsa, Matteo dice che si farà vivo non appena avrà qualche informazione utile, ci scambiamo i numeri di telefono.

«Magari andiamo a cena, la prossima settimana. Ti chiamo quando mi danno un po' di tregua in ufficio.»

«Sì... certo. Perché no?»

Tanto non succede, non succederà. Lo abbraccio ed esco dalla stanza. Prima di salutarci però gli chiedo un'altra cosa, e lui scoppia a ridere, con quella faccia da ragazzino.

«Cos'è mi hai preso per l'ufficio persone smarrite?»

«Dai scusa.»

«Ha bisogno di altro? Facciamo anche servizio a domicilio, se preferisce.»

«Hai ragione... sono una rompiscatole. Già so che non mi risponderai più al telefono.»

«Ma dai, sto scherzando. Vedo cosa posso fare, tranquilla, anche se quest'ultima cosa mi pare più complicata. Ma non mi costa nulla, davvero.»

«Grazie...»

Scendo le scale senza incrociare nessuno, supero l'androne e alla fine sono per strada. Vago per qualche minuto, senza prendere una direzione precisa, ho bisogno di camminare.

Barbara diceva sempre che bisogna perdersi. *Se ci perdiamo scopriamo i segreti delle città.* Mi sembra di vederla, in quei giorni felici, lei e Viola perdersi nelle città.

E così prendo una direzione qualsiasi. Incrocio le facce, gli occhiali, i capelli appena acconciati, gli affanni di un pezzo di voce rubato per un solo istante. So che quelle persone non le incontrerò più. Le parole rubate sono nuvole di un cielo veloce. Come quei giovani amanti, seduti sui gradini di una scala. Lei gli tiene la mano, usano parole che non posso sentire, poi lui si scansa per far passare una signora anziana che si avvia al portone. Oltre il portone c'è una casa, e di quella casa, di quel portone, di quei ragazzi, non saprò mai più nulla.

Questa immagine, che adesso mi sembra indimenticabile, la dimenticherò. Come quasi tutto, intorno a me. Mi siedo al tavolino di un bar e ordino un bicchiere di vino bianco. Il sole è quasi tramontato, uno spruzzatore, in un giardino condominiale, lancia getti d'acqua nebulizzata, che si vaporizzano, nella luce che svanisce. Al tavolo accanto al mio una coppia di anziani attende l'ordinazione, lui le tiene la mano, lei guarda da qualche parte, non dicono niente. Si tengono la mano, come i due ragazzi, poco fa. La vetrina di fronte al bar riflette l'immagine di noi seduti, perfetta e immobile, come in un quadro di Hopper.

Poi squilla il telefono, e l'incantesimo svanisce.

È un numero che non conosco.

«Pronto...»

«Viola... come stai?»

«Chi parla?»

«Sono Valeria, ma davvero non hai memorizzato il mio numero?»

«Vale... ah scusa. No, evidentemente... ho dimenticato di farlo. Come stai?»

«Bene, alla grande. Tu?»

«Bene, dai... stavo bevendo un bicchiere di vino. Un po' di relax.»

«Ho una proposta da farti.»

Mi dice che ha ricevuto un invito in un posto in cui si entra solo per appuntamento. Nulla di pericoloso, aggiunge, è una specie di secret bar.

«E cos'è?»

«Hai mai sentito parlare degli speakeasy?»

Erano locali clandestini che vendevano alcolici durante il proibizionismo negli Stati Uniti, ma temo che non sia questa la risposta esatta.

«Facciamo così, ti dico tutto dopo, dai. Passo a prenderti e ci andiamo insieme. Dobbiamo fare in fretta se vogliamo entrare...»

«Ma... dici adesso?»

«Sì... io sono già per strada.»

«Ma ho i jeans, le sneakers...»

«Che ti frega... non è mica una roba formale, tranquilla. Dimmi dove sei che ti passo a prendere al volo.»

Le mando la posizione e chiedo il conto. Dopo qualche minuto lei appare in fondo alla strada, con uno scooter giallo senape. Mi raggiunge, si ferma, toglie il casco e agita i capelli, è così bella quando sorride, con le gote arrossate.

Ci diamo un bacio, poi monto dietro di lei e partiamo. Mi lascio dietro le spalle il bar, il quadro di Hopper e quella coppia di amanti senza età.

Mi spiega tutto. Si chiama White Mask, è un secret bar quasi inaccessibile, bisogna essere nel giro giusto per avere la parola d'ordine, che cambia ogni sera.

«E tu come hai fatto ad averla?»

«Me l'ha data Cinzia... una sua collega è amica degli organizzatori.»

«Perché non ci andate insieme, tu e Cinzia?»

«Amore, perché lei è ancora fuori. Rientra la prossima settimana. La tipa le ha mandato un messaggio con la parola d'ordine, e lei me lo ha girato. Ho dovuto promettere di non dirlo a nessuno.»

La parola d'ordine è Masquerade 17, il locale si trova dalle parti del quartiere ebraico, in un palazzo di inizio secolo. Arriviamo in pochi minuti, il deposito che si affaccia sulla strada ha una vetrina anonima, schermata dalla carta di giornali, sopra c'è un'insegna con una scritta scolorita.

Entriamo in quella che sembra un'antica sartoria, ci sono due vecchie macchine per cucire, e i rocchetti accatastati sugli scaffali. Il locale è quasi buio e istintivamente Valeria mi prende la mano, passiamo attraverso una porticina, scendiamo alcuni gradini e ci infiliamo in un corridoio lungo e stretto, tanto da dover stare una dietro l'altra. In fondo al corridoio, sotto un lume oscurato da un fazzoletto, ci attende una donna con una tunica e una maschera che le lascia scoperta la bocca e il mento. Valeria mi tiene stretta la mano e pronuncia la parola d'ordine.

La donna apre la porta alla sua destra e si scosta per farci passare.

E ci ritroviamo in una sorta di anticamera, un'intera parete è occupata da uno specchio incorniciato d'oro, sull'altra c'è un espositore con una serie di maschere, simili a quella che porta la donna. Ci dice di sceglierne una e di indossarla.

Valeria ne prende una con gli occhi a mandorla, io un'altra a caso. Poi stendiamo sulle labbra il rossetto con uno dei pennelli monouso. Io rosso acceso, Valeria scuro, quasi nero. Quando ci guardiamo allo specchio ci viene da ridere, ma non siamo proprio tranquille. Poi, finalmente, la donna ci apre la porta, ed entriamo.

La scena è surreale, più di quanto potessi immaginare pochi istanti fa. Una ragazza col seno scoperto danza in una nicchia di pietra, davanti a una consolle, porta due bretelle di raso che coprono appena i capezzoli. Nella penombra, riscaldata dai lumi avvolti in fazzoletti bordeaux, le casse mandano una musica in armonia con il profumo suadente di alcolici e spezie. Quasi tutti i tavolini sono occupati, sono solo donne, ciascuna con la sua mascherina.

«Ma è tipo un locale lesbo?»
«No, però questa è una serata per sole donne.»
«Perché non me lo hai detto?»
«Temevo che mi avresti detto di no.»
Valeria mi sorride dietro la maschera orientale, mentre una cameriera molto poco vestita ci accompagna al nostro tavolo.
«Confessa, se te lo avessi detto, ci saresti venuta?»
«Massì, perché no... cioè, in genere non sono a mio agio in posti così, ma mi incuriosiscono.»
«Perché non sei a tuo agio?»
«Non sono a mio agio quasi ovunque...»
Ci accomodiamo a un tavolino in fondo alla sala. L'ambiente, sviluppato a elle, è stretto e lungo, il soffitto non sarà alto più di due metri e mezzo. Lungo le pareti uno scaffale scavato nella pietra, con centinaia di bottiglie in fila, retroilluminate. È una vera e propria installazione. La ragazza ci serve subito un cocktail di benvenuto e si allontana.
«Ci vieni spesso, in posti così?»
«Intendi secret bar o locali lesbo?»
«Entrambi...»
«Sono stata un paio di volte in uno speackeasy di Berlino, con Cinzia. Era completamente diverso da questo, per entrare bisognava attraversare la cella frigorifera di una macelleria.»
«Con gli animali appesi?»
«Sì.»
«Ma che orrore...»
«In effetti non era un bello spettacolo... quanto ai lesbian bar, lì ci sono stata un sacco di volte, ovviamente.»

Assaggio il cocktail, sento bruciare il palato, e una specie di scossa lungo l'esofago. Guardo il bicchiere, in controluce, brilla di riflessi verde e azzurro.

«Credo che tra un po' vedremo i diavoli.»

«Perché?»

«Vuoi che ti faccia una lezioncina di *Scientia amabilis*?»

«Scienza che?»

«Sarebbe la botanica, *Scientia amabilis* è il nome latino. Quanto al cocktail sono certa che dentro ci sia una buona dose di assenzio.»

«Cazzo, è allucinogeno, vero?»

«Di suo non ha nessun effetto psicotropo, però se lo mescoli ad altri superalcolici, come minimo ti renderà euforica.»

«Fantastico, io voglio essere euforica!»

Beve un altro sorso e ride. I denti diventano fosforescenti, nel quasi buio del locale.

La musica aumenta di volume, ed è come se qualcosa si insinuasse sotto l'epidermide, e facesse vibrare tutto. Mi sembra di galleggiare, in una sospensione morbida dei sensi. Due ragazze si stanno baciando, proprio davanti a me.

Valeria mi prende la mano e io mi ritraggo, istintivamente, lei mi sorride e la prende di nuovo, con dolcezza. Poi si avvicina e mi bacia il collo. E io sento formicolare la schiena, un piccolo brivido di piacere, un torpore elettrico. Sento il contatto del suo corpo contro il mio, la pressione dei suoi seni sul mio braccio.

«Posso farti una domanda?»

Mi fa cenno di sì, senza rispondere.

«Tra pochi mesi ti sposi, giusto?»

«Giusto.»

«E allora perché sei qui con me?»

Mi guarda, e non so dire se sia stupita.

«Perché ne ho voglia, perché mi piaci. Perché sono viva.»

Poi mi bacia, e io la lascio fare. Sento il sapore pungente della lingua, il suo odore. E mi piace, il suo odore addosso, le sue mani addosso. Mi piace. Ma qualcosa mi impedisce di abbandonarmi davvero, ci sono e non ci sono, come se non riuscissi a togliere il freno.

La cameriera arriva con un vassoio e posa sul tavolo due bicchieri che filtrano un liquido aranciato.

«Questo è il *Sazerac*, una parte di assenzio, sei di cognac, una di sciroppo di zucchero, e poi Peychaud's Bitter e Lemon Twist.»

«Wow...»

«Buona degustazione!»

«Grazie.»

Si volta agilmente, non posso fare a meno di ammirare le linee flessuose del corpo, il profilo tondo e sodo dei glutei.

«Allora cin...»

«Cin...»

Questo cocktail è molto più dolce, temo che possa darmi il colpo di grazia.

«Valeria...»

«Sì...»

«Dimmi la verità. Mi hai portato qui perché volevi baciarmi?»

«Ti ho portata qui perché sto bene con te.»
«Okay...»
«Okay.»
«Lo hai detto a Cinzia?»
«No...»
«...»
«...o meglio, le ho detto che sarei venuta qui, con un'amica.»
«E lei?»
«Lei è tranquilla, sa che non ha nulla da temere.»
«In che senso?»
«Nel senso che sa che io la amo.»
«Ah...»
Sono confusa. Vorrei chiederle come fa ad amarla se ha voglia di baciare me, ma non lo faccio. Mi sento sciocca, e non so esattamente di cosa ho paura. Non riesco ad ammettere una verità che ho cercato sempre di nascondere a me stessa, sin dall'adolescenza: gli appetiti del mio corpo superano la mia volontà, non riesco a contenerli, ma non riesco neanche a goderne senza provare un turbamento, uno stupido senso di colpa.
«Ehi Viola... tutto bene?»
«Sì...»
«Ti dà fastidio quello che ho detto?»
«No... davvero, non mi dà fastidio. Tu non c'entri niente...»
«E allora? Dimmi. Sono qui.»
Non ho avuto un'educazione puritana, anzi. Mia madre è sempre stata una donna molto libera, non mi ha mai chiesto di essere niente di diverso da quello che sentivo di essere. Ma c'è qualcosa che

mi ha sempre colpita, e di cui non abbiamo mai davvero parlato. Barbara era bella, una donna molto corteggiata, ma non l'ho mai vista cedere al corteggiamento, mai sorpresa a flirtare, mai uno sguardo complice, un contatto. Non so neanche se, in tutta la sua vita di madre, abbia trovato mai lo spazio per un amore, un uomo, una donna, anche di nascosto. È come se avesse sublimato una parte di sé, narcotizzando una femminilità che un tempo doveva essere stata dirompente. Una parte di mia madre era come sedata, zittita per sempre in un recesso della coscienza.

Credo che il mio rapporto con il corpo delle persone, con gli uomini, con le donne, sia stato condizionato da questo modello, di inquietudine, di assenza, da un disaccordo tra desiderio e ragione. Valeria mi ascolta, con quell'espressione che muta velocemente, tra malizia e ingenuità.

«Pensi che continuerai a volermi baciare, anche dopo che sarai sposata?»

Perché glielo chiedo? Non voglio essere baciata, non voglio fare l'amore con lei.

«Non lo so, non ho regole, e non le voglio, se non quelle dell'amore, del rispetto.»

«E baciando me, stai rispettando la tua compagna?»

«Sto rispettando me stessa, i miei impulsi, la mia natura. Cinzia è consapevole, da sempre, che questa parte di me non può gestirla. E infatti non ci prova neanche. Ma sa anche che io darei la vita per lei, mi taglierei un braccio. Ci sarò sempre se avrà bisogno di me.»

«Ho capito...»

«Hai capito davvero?»

«Sì, forse. Ho capito che non dovevo farti questa domanda, che sono stata stupida, invadente. In fondo tu e io...»

«...non ci conosciamo? Vuoi dire questo?»

«No... voglio dire che tu e io sappiamo di essere... di passaggio. Dopo stasera potremmo non vederci mai più. Per questo sono stata una stupida a farti quella domanda.»

«Vuoi non vedermi mai più?»

«Non lo so. Non so quello che voglio.»

«Okay...»

«Okay...»

«Balliamo?»

Mi prende la mano e mi trascina, la musica si è fatta incalzante, le altre sono tutte in piedi e si muovono negli spazi minimi che separano un tavolo dall'altro. Balliamo, Valeria mi bacia ancora, e per qualche istante mi sembra di non avere paura di nulla.

Quando mi riaccompagna a casa è notte. Fa freddo. Mi tengo stretta al suo corpo.

Quando avevo quattordici anni un ragazzo mi accompagnava spesso a casa con lo scooter, dopo l'allenamento in piscina. Era un paio d'anni più grande di me, alto, con le spalle larghe, non particolarmente bello, ma mi piaceva. Aveva sempre addosso un buon profumo di bagnoschiuma. Mi stringevo a lui, sulle strade della città invernale. Non ci siamo mai incontrati fuori da quel percorso magico. L'ultima volta che mi portò a casa mi disse che alla fine dell'anno scolastico sarebbe partito, suo padre era stato trasferito a Londra. Poi mi diede un bacio, senza chiedermi altro, e ripartì. Lo vidi sparire in fondo al viale.

Arriviamo, infreddolite, scendo dallo scooter e tolgo il casco. Lo toglie anche Valeria, e ci abbracciamo. Vorrei dirle di salire da me, ma non lo faccio. Lei non dice nulla, rimette il casco e parte.

E anche questo mi sembra un addio.

*Lei è seduta su un divano di bambù, con i cuscini rossi, sbuccia un uovo sodo.*

*Quando mi vede, si alza, e ci abbracciamo. Porta un abito lilla sopra calze al ginocchio arancioni. I capelli sono tenuti insieme da una matita. Ordino al cameriere un croque-monsieur, e un caffè. E mi siedo di fronte a lei.*

*Chiacchieriamo, mi chiede come sto, le rispondo che sto bene, molto bene. Ma la mia voce risuona nelle tempie, sembra non mia.*

*Lei accende una sigaretta e soffia uno sbuffo di fumo che il vento si porta via.*

*Mentre bevo il caffè mi guardo intorno, la specchiera che corre all'interno moltiplica le facce, i nasi, gli occhiali. Tutto diventa multiplo, tra specchi e finestre.*

*Io stessa mi vedo riflessa, dietro la nuca di lei.*

*Mi dice che ha appena ricevuto una bella notizia, la sua ricerca su Leni Riefenstahl sarà pubblicata, ci sono ottime prospettive per il dottorato, questo aprirà le porte a un incarico stabile nel dipartimento.*

*«Splendido...»*

*«Sono proprio felice, Viola, tutto sta andando nel verso giusto. Ho quasi paura.»*

*«Paura?»*

*«Non ti succede mai? Quando sei così felice… una parte di te continua… a restare all'erta.»*

*Non lo so se mi è mai successo. O forse non sono abbastanza felice da avere paura.*

*«Io la amo questa città, questa è la verità. È la mia casa, l'ho sempre saputo.»*

*«…»*

*«Sai cosa? Mi sembra che tutto… tutto mi appartenga, non so come spiegarlo diversamente, e di appartenere io stessa a tutto il resto. Mi piace camminare, studiare, andare per negozi, cinema, musei. Mi piace perdermi.»*

*«Perderti…»*

*«Io penso che bisogna perdersi per scoprire i segreti delle città. E Parigi è una città piena di segreti.»*

*«Sì…»*

*«Non credo che tornerò più in Italia…»*

*Mi sento attraversare da una raffica di vento, una folata gelida che mi penetra nelle ossa.*

*«E tu?»*

*«Io… cosa?»*

*«Stai bene, qui?»*

*Non so cosa rispondere. Mi sembra che tutto si annebbi. Io chi?*

*La penso come lei, le dico, Parigi è una meraviglia. E anche a me piacerebbe restarci. Mi prende la mano e mi dice che succederà, se lo voglio davvero succederà, poi continua.*

*«Il primo giorno che sono arrivata qui, l'anno scorso, mi sono innamorata subito.»*

*«Di chi?»*

*«Vabbè innamorata è troppo, c'era uno che mi piaceva*

*molto, e abbiamo avuto una storia. È stata una specie di iniziazione.»*

*«E poi?»*

*«Poi basta, è finita. Va bene così.»*

*«Non lo hai più visto?»*

*«No... ma non è importante. Sono io che ho deciso così, non lui per me.»*

*Poi mi dice che qualche giorno fa ha conosciuto un ragazzo, lo ha incontrato a una cena.*

*«Cioè non è proprio un ragazzo, avrà una trentina d'anni. Un tipo in gamba. Intelligente, colto. Americano.»*

*«Americano?»*

*«Sì, è a Parigi per un progetto di studi internazionali, è un professore di Storia. È molto simpatico.»*

*Mentre ne parla il viso si illumina. Gli occhi nocciola sembrano più chiari, sotto i raggi del sole che filtrano tra le nuvole. Hanno chiacchierato a lungo, dice, lui le ha raccontato del suo lavoro, le sue ricerche, il suo amore per la Francia. Poi si sono rivisti ieri, sono andati al cinema insieme.*

*«Resterà a Parigi fino alla metà di agosto. Sono così contenta.»*

*«E Georges?»*

*«Georges cosa?»*

*«Non lo so, mi sembrava che... cioè non state insieme tu e lui?»*

*«Ma no... dai... siamo amici. E comunque anche se stessimo insieme...»*

*«...»*

*«...sì insomma io non voglio legami, sono libera, voglio continuare a esserlo.»*

*Quando ci allontaniamo dal bistrot c'è quella luce dei*

*pomeriggi di Parigi. È un tepore benefico, che invade ogni fibra del corpo, tolgo la giacca e resto con le maniche corte. Attraversiamo il parco, e mentre camminiamo sento gli odori che si sollevano dal terreno, dolci, aciduli, delicati, pungenti. Ci sediamo su una panchina per prendere il sole. Lei mi dice che è felice.*

*«Ti voglio bene, Viola, meriti tutta la fortuna del mondo. Sei una persona preziosa, non essere triste.»*

*«Non sono triste.»*

*Anche io sono felice di averla incontrata. E mentre parlo, mi sembra di aver detto e fatto quello che ci si aspetta da me. Non so come spiegarlo. Poi Barbara si toglie le scarpe e riprende a camminare sul prato.*

*E io la seguo fino alla fontana. Mi spruzza l'acqua sul viso. La guardo ridere.*

*Poi, non lo so, qualcosa cambia.*

*La fontana muta in una pozza di acqua scura.*

*Gli uccelli volano via all'improvviso, tutti insieme.*

*Tutto perde colore.*

*E resta il silenzio, come una premonizione.*

Mi sveglio di soprassalto, poi mi giro sul fianco e guardo l'ora. Sono le cinque.

La camera è rischiarata dalla luce dei lampioni, per strada. Mi alzo e vado in cucina, faccio un caffè ed esco sul balcone. Tengo tra le mani la tazza bollente, ho la pelle d'oca. Strofino le foglie di artemisia, e sento sulle dita il profumo balsamico, poi tocco la maggiorana, il basilico, il timo. I profumi si levano nell'aria, come una piccola festa.

La strada deserta rimanda il suono dei passi, il gracidio riverbera sulle facciate. Mi infilo nel sentiero tra gli alberi, e mi sento invasa da una marea calda di emozioni piccole. La luce segna i profili delle chiome, e affonda vortici di oscurità, più in basso, dove ancora pare dormire, il mondo. Corro sola, senza incontrare nessuno, e mi lascio trascinare dai pensieri. Non faccio altro che vivere una vita non mia. A volte mi sembra di essere un oggetto ornamentale, che arreda i luoghi di passaggio, le case di persone che non conosco, vedo comporsi ogni giorno lo scenario di vite e consuetudini che non mi appartengono.

Poi però succede qualcosa, come adesso. Mi ritrovo all'improvviso a perdermi nella bellezza, nella minuta bellezza dell'esistenza. E tutto questo piccolo sentire di mondo si amplifica, e mi scopro parte di un'immensità vegetale, i miei capelli sono foglie, il mio corpo un tronco giovane, le mie radici affondano nella profondità della terra.

E non mi sento sola, forse non sono sola. E penso che una strada esiste.

Una strada che porti fuori.

Torno a casa e faccio una doccia, prendo un altro caffè e mi preparo a uscire di nuovo. Alle nove ho appuntamento con Raoul, in studio, Marcello anche oggi resta a casa per smaltire l'influenza. Mentre mi metto il mascara, penso a quello che dovrò dirgli, ho deciso di sospendere le sedute, così come ho fatto con Nora. Non posso promettere nulla in questo momento, non sono capace di mantenere le promesse, e devo dirglielo. Resto qualche istante immobile, noto le imperfezioni del viso, le rughe sottili che si formano intorno agli occhi e quella zona d'ombra, intorno a me, che la luce soffusa dello specchio non riesce a penetrare.

Quando arrivo in laboratorio è già lì, che mi aspetta. Accelero il passo e sento il suono dei tacchi che picchiano il marciapiede. Perché li ho messi? Non li metto mai per andare al lavoro. Quando siamo vicini mi sorride e ci stringiamo la mano, sono belli i suoi denti bianchi, sulla pelle scura.

«Ciao.»
«Ciao...»
Mi aiuta a sollevare la saracinesca, apro la porta a vetri ed entriamo. Il sole taglia radente il cortile, in fondo al salone, la luce rimbalza e si diffonde, come un pulviscolo, nello spazio circondato dalle vetrate. Tutto all'interno diventa accogliente, il tavolo, gli scaffali, le poltrone.
Entriamo nello studio e dico a Raoul di accomodarsi, gli chiedo se gradisce un caffè. È a posto così, ha fatto colazione da poco. Riempio d'acqua la brocca di vetro e prendo due bicchieri, poi mi siedo anche io.
«Allora... come stai?»
«Bene, grazie. Tu?»
«Bene... sì...»
«Oggi è sono... non mi viene la parola giusta, sono spaesato... elettrizzato. Ieri sono successe due cose straordinarie.»
«Ah...»
«La prima è che mia figlia mi ha dato una notizia bellissima. Lei insegna in un college, a Stanford, in California. E lì ha conosciuto il suo fidanzato, un ragazzo tedesco che sta facendo un dottorato. E insomma... la faccio breve... aspettano un bambino.»
«Fantastico... sei felice?»
«Sì... anche se sono andato un po' in confusione... sarò nonno, accidenti. Non ho ancora cinquant'anni e sarò nonno.»
«Lei quanti ne ha?»
«Ventitré, ventiquattro a giugno. Per il suo com-

pleanno vado a trovarla, voglio controllare che tutto sia a posto.»

«Certo...»

«Sono... sono super felice...»

«Lo immagino...»

«Scusa se ho divagato, ma...»

«Ma figurati, hai fatto bene a parlarne.»

«Comunque i compiti li ho fatti lo stesso.»

«Cosa?»

«La settimana scorsa mi hai chiesto di scrivere, e io l'ho fatto. Giusto?»

«Sì... giusto.»

«Sono quasi certo di aver recuperato il ricordo più antico dell'infanzia.»

Non riesco a fermarlo. Devo dirgli che non ha senso proseguire, ma esito ancora.

«Ma la seconda cosa straordinaria che volevi dirmi?»

«Tra poco, se non ti dispiace. Intanto leggerei il ricordo, quello che ho scritto.»

«Va bene, come vuoi.»

«Che faccio, leggo?»

«Sì...»

Tira fuori dal taschino della giacca un foglio piegato in quattro e si schiarisce la voce.

«Non badare alla forma, non l'ho neanche riguardato.»

«D'accordo.»

«Okay... vado.»

*Mi ricordo gli alberi*, comincia così. *Mi ricordo che c'erano gli alberi.*

Per un istante avverto come un vuoto d'aria, mi

sembra il miglior inizio possibile per qualsiasi storia da raccontare.

«*Avevo tre anni. Mia nonna mi teneva sulle ginocchia. Non ricordo nulla di quello che diceva, ma ho davanti a me l'immagine degli alberi, e oltre gli alberi, le mura rocciose.*»

Nostra Signora di Qannoubine è un monastero scavato nella roccia che risale al quarto secolo dopo Cristo, mi spiega a parte, si trova nella valle di Qadisha. È un labirinto di tunnel sotterranei, di grotte, caverne e edifici pieni di affreschi. Ma questo non c'entra col ricordo, dice, e riprende a leggere.

«*Nonna Hana si alzò tenendomi in braccio e cominciò a camminare. Si accostò a un rampicante fiorito, staccò dolcemente una farfalla dalla corolla e me la fece osservare, da vicino. Poi la lasciò volare. E arrivammo davanti a quel tronco enorme, da vicino sembrava un gigante. Era un Cedro, e quel luogo si chiama la Foresta dei Cedri di Dio.*»

Che nome bellissimo. Resto ad ascoltare.

«*Mi ricordo che alzai la testa, sopra di me le chiome si allargavano come cappelli di funghi giganteschi. Poi nonna Hana si accostò al tronco e mi permise di toccarlo. Ecco, questo ricordo è indelebile. Mi sembra di sentire ancora la superficie ruvida della corteccia, sotto i polpastrelli. Poi arrivò la sorpresa.*»

Raoul si ferma un istante, e mi guarda. Come per controllare se sono pronta per il finale.

«*La resina, densa, collosa, si attacca alla mia mano e per un istante mi sembra che il tronco gigante possa intrappolarmi, per ingoiarmi dentro di sé. Scoppiai a pian-*

*gere e nonna Hana mi sussurrò qualcosa per tranquillizzarmi. Mentre mi asciugava le lacrime con un fazzoletto, mi raccontò la leggenda del Cedro di Dio. Mi pulì le dita e il palmo da quella colla e si levò l'odore intenso, fortissimo. La leggenda dice che il bambino che toccherà la resina del Cedro più alto diventerà un Re, potente e saggio, e governerà la Foresta dei Cedri di Dio per novantanove anni.»*

Resta a guardarmi, qualche istante, prima di concludere.

«*E io le prometto che sarò io quel bambino.*»

Io non so cosa dica il mio viso, ma lui adesso ha gli occhi umidi. Poi beve un sorso d'acqua e ripiega il foglietto in quattro parti, lo ripone nel taschino. Bevo un sorso anche io. Vorrei restare in silenzio ancora un po', per non violare quello spazio. Poi inspiro profondamente.

«Ti sei ricordato l'odore?»

«Sì. L'odore della resina era così intenso, aspro, somigliava al ginepro.»

«Riesci a sentirlo anche… adesso?»

«Sì.»

Ho un formicolio sulla pelle, mi alzo dalla poltrona.

«Era questa la seconda cosa che dovevi dirmi, giusto?»

«Sì…»

«Aspetta…»

Prendo dall'espositore un tester, nebulizzo una mouillette e la muovo un po', poi gliela passo.

«Prova a sentire…»

I suoi occhi sembrano quelli, allarmati, di un

bambino. Prende il cartoncino e con cautela lo avvicina al naso. Lo guardo, mentre inspira profondamente, socchiude gli occhi. Rimane così, in silenzio, per un tempo che non so dire.

Quando riapre gli occhi mi guarda, la tensione si scioglie, i lineamenti si distendono, gli occhi sono ancora umidi, di commozione.

«Lo sento.»

Poi il viso si illumina di quel sorriso splendente. Mi ringrazia e io non so cosa dire, non ho fatto nulla, in realtà. Ma in questo momento è bello vederlo felice.

«Raoul, non abbiamo fatto nessuna magia, sono tentativi, sperimentazioni che facciamo insieme. Possono andare bene, ma possono anche non andare. È bello che sia successo questo, ma non aspettarti che tutto sia risolto, definitivamente.»

«Lo so, lo so...»

«...»

«Ma intanto oggi io sento il ginepro.»

«Già...»

Mi chiede se può tenere la mouillette, la mette nel taschino, insieme al foglio piegato in quattro.

«Tua nonna non c'è più?»

«È morta cinque anni fa, centenaria. Lucidissima fino all'ultimo istante... era una forza della natura.»

«Passavi molto tempo con lei?»

«Buona parte della mia infanzia.»

Poi sembra che voglia dirmi qualcosa. Allora io gli faccio un cenno, per incoraggiarlo. Tira su col naso e prosegue.

«Sai cosa le ho detto... poco prima che spirasse?»

«Cosa?»

«Che avevo una sorpresa per lei... ci avevamo scherzato tutta la vita. Mi ha chiesto per anni, per decenni, quando avrei mantenuto la promessa.»

«...»

«E allora glielo dissi. *Nonna, ho una sorpresa per te, sono diventato il Re della Foresta dei Cedri di Dio.*»

«...»

«Lei increspò appena le labbra. Non c'era più nessuna traccia di sofferenza sul viso.»

«...»

«O forse questa è la storia che voglio raccontarmi.»

In questo momento vorrei abbracciarlo, ma non lo faccio. Non lo so fare.

«Sono contenta, Raoul, che oggi si sia sbloccato qualcosa.»

«Anche io... pensi che prima o poi riuscirò a recuperare l'olfatto?»

«Non lo so, ovviamente non posso dirlo. Ma si è aperto uno spiraglio.»

«Sì...»

Esito qualche istante, poi gli dico che credo sia opportuno che la sessione di terapia finisca oggi. È come una sterzata violenta, in questa giornata.

«Oggi?»

«Sì.»

«Perché?»

«È importante che tu prosegua i tentativi da solo. Se avrai bisogno di sentirmi, ovviamente puoi chiamarmi. Ma devi fare uno sforzo, e devi farlo da solo. È per questo che la consulenza olfattiva non supera i cinque incontri.»

Non gli sto dicendo la verità, sono io che voglio finirla qui. Perché non ho il coraggio di dirgli come stanno le cose? Continuo a spiegargli che quando la memoria emotiva si sblocca, conviene lasciarla libera di agire, senza condizionamenti esterni. E mentre lo dico mi sento una stupida ipocrita. Come se io potessi insegnare a qualcuno una cosa del genere. Sono un impostore.

«Cinque incontri...»

«Già... spesso ne basta uno solo. Noi ne abbiamo fatti tre, è una buona media.»

«È che io... sì, insomma... contavo molto sugli altri due.»

Lo guardo e sorrido, la luce che arriva dalla finestra lascia in ombra metà del viso. Istintivamente si ritrae, e io provo tenerezza nel vederlo impacciato, a disagio con le mani, con le gambe. Poi riprende a parlare.

«Viola, non so se posso chiederti questa cosa...»

«...»

«Non vorrei che ci restassi male.»

«Dimmi pure.»

Stringe le palpebre nel taglio di luce e mi fissa, dritto negli occhi.

«Ma visto che oggi è l'ultimo incontro, mi tocca farlo.»

«Dimmi...»

«Ti andrebbe di venire a cena con me?»

«Ah...»

Ah. Non significa nulla, ah.

La verità è che vorrei dirgli subito no, Raoul, non posso venire a cena con te. Ho una vita incasinata, troppe cose da risolvere. Non ho tempo, non ho voglia. E mentre lo penso non sono così sicura che le cose stiano così. E quindi rispondo che magari, se capita, ci organizziamo.

Non subito, però, è un periodo complicato. Lui non insiste. Improvvisamente ci sentiamo a disagio, sorridenti e a disagio.

Quando lo accompagno alla porta dice che mi chiamerà, oppure chissà magari ci incontriamo al parco, o in biblioteca. Ci stringiamo la mano e lui se ne va, con addosso il profumo di ginepro.

E io rientro, tolgo i tacchi e cammino a piedi nudi. Sento la superficie cruda di cemento sfregare sulla pelle, sui polpastrelli, vado a sciacquarmi il viso e mi metto al lavoro.

Il telefono vibra a lungo, è pomeriggio inoltrato e io non mi sono scollata dal lavoro per tutto il giorno. Guardo il nome sul display, c'è scritto: *Matteo P. chiamata persa*, poi un messaggio.

È sempre lui, mi scrive che ha buone notizie per me, di richiamarlo. E io sento un tuffo nel petto.

Lo chiamo.

«Matteo...»

«Ehi... allora sei viva?»

«Sì, scusa, lascio sempre la suoneria azzerata e non mi accorgo delle chiamate.»

«Abbiamo Giulia.»

«Davvero?»

«Sì. Giulia Marozzi, nata a Fermo il sei febbraio 1959 e residente a Parigi. Sposata con Jean Durand, nato a Marsiglia il venti luglio 1960. Due figli, Lorenzo e Josephine, di trentacinque e trentatré anni. Giulia insegna presso il Liceo Louis-le-Grand di Parigi, in rue Saint-Jacques. L'abitazione è in rue Mazarine, al 74.»

«Non ci credo...»

«Credici.»

È stato tutto abbastanza semplice, Matteo ha un amico alla Police Nationale.

«Matteo… non so come ringraziarti.»

«Non ho fatto niente di che, davvero.»

Poi mi dice di prendere carta e penna, e io recupero al volo la prima matita che riesco a trovare.

«Non ti mando un messaggio. Sono dati sensibili.»

Mi detta l'indirizzo mail di Giulia. Mentre scrivo mi trema un po' la mano. Poi resto in silenzio, non so esattamente cosa dire.

«Ci sei?»

«Sì… non so che dire… sei stato…»

«Veloce?»

«No, davvero… sei stato... Grazie.»

Parliamo ancora, ma io ho la testa altrove. Prima di salutarci mi dice che per l'altra cosa gli occorre un po' di tempo, è meno facile di quello che immaginava.

«Tranquillo, non c'è fretta. Grazie di cuore.»

«A presto Viola, un bacio.»

Poso il cellulare sul tavolo e il mondo comincia a girare, sto per perdere l'equilibrio. Mi aggrappo a uno scaffale, le provette con gli olii essenziali sobbalzano. Poi mi siedo sul divano e resto ferma per qualche minuto.

Trascrivo sul cellulare l'indirizzo di posta elettronica, e tra i contatti scrivo: Giulia Marozzi, *ma biche*.

Per un attimo mi sembra di avvertire tutto il peso di quello che verrà, qualsiasi cosa sia. Sento una pressione sul petto, mi accorcia il fiato. Respiro.

Respiro.

Quando torno a casa faccio una doccia lunghissima, poi metto una maschera rivitalizzante sul viso, stappo una bottiglia di Château Latour, mi verso un calice e vado a sedermi in poltrona. Punto il bicchiere verso la lampada, il vino è di un rosso scuro, con riflessi più chiari, sento il profumo di frutti maturi, di spezie. Avevo tenuto questa bottiglia per un'occasione speciale. E credo che questa lo sia.

Quando finisco di bere vado nella stanza vuota. Ho messo un disco di un violoncellista americano, una melodia di archi lenta, suoni lunghi e profondi. Ho bisogno di staccare la mente, di placare questa irrequietezza.

Mi siedo per terra, sul tappeto rosso, la vista si abitua presto alla semioscurità. In lontananza un cane abbaia, due volte. Poi tace, anche i rumori del traffico sembrano sparire.

Chiudo gli occhi e respiro profondamente. Mi concentro sulla percezione del mio corpo, visualizzando nella mente ogni singola porzione, ogni dettaglio. La punta dei piedi, le caviglie, i polpacci, le cosce. Poi il bacino, il torace, le spalle, fino ad arrivare alla testa. Sento una carezza sulle guance, il contatto dei capelli sulla fronte.

Resto così, per un tempo che non so mai quantificare, fino a quando appare la porta luminescente che a questo punto trovo sempre davanti a me, mi avvicino e la apro. Supero la soglia e mi ritrovo nel mezzo dello scenario che conosco, che desidero. La campagna, il prato, gli alberi, e in lontananza il fruscio di un ruscello.

Il mondo fluttua, gli alberi ondeggiano appena,

le nuvole si muovono lentamente, la brezza fa vibrare le foglie, soffia aria fresca sul viso, sul mio corpo nudo. Mi immergo profondamente nel suono, nella luce. Cammino sull'erba a piedi nudi. E mi pare di danzare, in questo muoversi immobile del mondo. Tutto vibra. Tutto respira. Apro le braccia e giro lentamente su me stessa, come facevo da bambina. Poi mi accosto al ruscello, infilo le dita nell'acqua, vedo i ciottoli ondeggiare. Mi tocco le palpebre, inumidisco le labbra.

E vedo un'altra porta, di fronte a me. La apro, piano. E rientro nella mia casa. La testa è sgombra, nessun turbamento.

Torno nella camera vuota.

Il mio corpo è di alabastro, l'anima nitida, come un globo di luce.

Comincio a contare, da dieci a uno.

E riapro gli occhi.

Respiro, sento i muscoli ossigenarsi, i lineamenti del viso distesi. Aspetto qualche istante prima di alzarmi.

Ho deciso di scrivere a Giulia, provo un piccolo fremito della pelle. Vado a sedermi davanti al computer e attendo ancora un po'.

Guardo la pagina bianca. E comincio a scrivere.

*Cara Giulia,*

*perdoni l'irruzione improvvisa, non sono neanche sicura che questa mia lettera abbia un senso.*

*Sono Viola Bramati, figlia di Barbara. Ho da poco scoperto che ai tempi della Sorbonne eravate amiche, e ho pensato che avrei dovuto avvertirla. Barbara non c'è più, da più di un anno, ormai.*

*Ho appreso della sua esistenza, come di altri amici, soltanto da qualche settimana, mettendo ordine nella corrispondenza. Non so nulla della vita di mia madre, prima di me. Non conosco nessuno dei suoi amici parigini.*

*Mamma aveva sessantatré anni soltanto, era ancora una donna molto bella, vitale, brillante, perlomeno fino a pochi mesi prima di spegnersi. Nell'ultimo periodo l'ho vista accartocciarsi nel dolore, e come un gatto rintanarsi tra le sue cose, umiliata dalla sofferenza, forse anche stupita dinanzi alla percezione della fine, così inattesa, così dolorosamente puntuale.*

*Cara Giulia, mi permetto di scriverle anche perché avrei bisogno del suo aiuto. Mi piacerebbe che lei mi raccontasse di mia madre quando era ragazza, del mondo che le girava intorno, prima di me. Adesso sento forte questa esigenza, questa mancanza.*

*Mi creda, non è mia intenzione risultare invadente, o addirittura inopportuna, ma, se lei è d'accordo, e quando lo riterrà, sarei felice di incontrarla e di conoscerla personalmente. Ho ritrovato, oltre alle lettere che vi siete scritte allora, un nastro registrato. Magari le farà piacere ascoltarlo.*

*Se accetta di incontrarmi, potrei venire a Parigi quando vuole, anche domani.*

*Il mio lavoro mi consente una certa libertà. Barbara non è mai più voluta tornare a Parigi, io ci sono stata tante volte, ma sempre sola. E questa, in un modo o nell'altro, potrebbe essere l'occasione per portarla con me, finalmente.*

*La saluto, e la abbraccio.*
*V.*

Rileggo un paio di volte, poi digito l'indirizzo mail e scrivo sull'oggetto: Viola. Ne ho provati altri, ma nessuno mi pareva opportuno: *Barbara, la figlia di Barbara, Viola e Barbara.*

Sorrido, tremo un po' per l'emozione, sono davvero una stupida.

Esito ancora, ma poi spingo il tasto invio.

E me ne sto un po' così, davanti allo schermo acceso.

Dopo cena, mi verso un altro calice di vino ed esco sul balcone. La strada è ormai deserta, accendo una sigaretta e ne fumo metà, poi la spengo nel posacenere di pietra e dopo qualche minuto rientro in casa.

Prima di andare a dormire controllo la posta elettronica. Nessun messaggio in arrivo. Mi dico che capita anche a me di rispondere a una mail giorni dopo averla ricevuta, quindi è meglio mettermi l'anima in pace e attendere, senza ansia. Vado in camera da letto, indosso una maglietta un po' sdrucita che profuma di lavanda, e mi infilo sotto le coperte.

Rimango a guardare il soffitto, e spengo la luce.

Resto con gli occhi aperti, nel buio, so che non riuscirò a dormire facilmente.

Poi sento il suono della notifica sullo smartphone, che tengo in carica nel soggiorno. Mi alzo velocemente e vado a controllare.

Sullo schermo il simbolo della busta, ci clicco sopra e mi appare la lettera.

Sento un tuffo nel petto.

*Cara Viola,*

*non puoi immaginare il turbine di sentimenti che mi agita leggendo e rileggendo la tua lettera.*

*Che dolore apprendere della morte di Barbara.*

*Penso a tutto questo tempo trascorso senza più incontrarci, senza neanche parlarci per telefono. Dopo il suo ritorno in Italia ci siamo sentite qualche volta, e poi ci siamo perse. È passato un secolo. Abbiamo seguito le nostre vite, io mi sono fatta assorbire da questa città, che amo e a volte detesto, ho costruito la mia famiglia, mi sono dedicata all'insegnamento. Tua madre ha cresciuto te, da sola. È sempre stata molto più forte di me, anche se c'era quella parte di lei così fragile, quella che ipnotizzava il mondo, che lasciava tutti stupiti. Era una ragazza con un fascino disarmante, che intrappolava tutti, uomini e donne.*

*Nel corso degli anni ho pensato di chiamarla tante volte, ma poi non l'ho fatto. Non avevo più un numero di telefono, un indirizzo utile. Mi dicevo che ormai era andata così. Oggi penso che non ho fatto abbastanza, ma adesso è tardi.*

*Siamo state amiche, è vero. Abitavamo nello stesso palazzo. Poi qualcosa ci ha divise, e nessuna delle due ha mai provato davvero a ricucire lo strappo. Ti ho vista piccolissima, sai? Venni a trovarvi a Milano, tu dovevi avere meno di un anno. Avevi quegli occhi accesi, curiosi, eri così seria, e poi all'improvviso scoppiavi a ridere, e ti illuminavi tutta.*

*Sei una donna, adesso, come i miei figli. Sono due adulti, e a volte, ti confesso, mi sembrano degli sconosciuti. Ma questa è un'altra storia.*

*Non ricordo nulla delle lettere a cui accenni, tanto me-*

*no dei nastri registrati, mi piacerebbe davvero ascoltarli. Se hai voglia di raggiungermi qui a Parigi sarò felicissima di incontrarti.*

*Adesso scusami, devo andare, domani avrò una giornata pesante.*

*Grazie per avermi cercata.*

*Ti abbraccio, Viola.*
*Ti aspetto.*
*Giulia*

Le cosce aderiscono alla superficie gelida della sedia di alluminio. Domani sarà già maggio, il tempo scivola, tutto prende velocità, come un torrente prima delle rapide.

Ci sono dentro, quel torrente. Le sento arrivare.

Torno a letto, mi giro da una parte e dall'altra, poi accendo di nuovo la luce. Il silenzio solido delle notti insonni. Ogni piccolo suono si dilata.

Prendo il libro che ho sul comodino e lo apro, lì dove ho lasciato il segno. Non leggo da giorni, così vado qualche pagina indietro, e mi fermo lì dove ho sottolineato alcune righe.

Le leggo a mezza voce.

*Nei pomeriggi di sole le giovani mamme, sedute sulle panchine dei giardinetti, si scambiavano consigli su cosa dare da mangiare ai figli. Sembravano lontanissime le confidenze dell'adolescenza, le lunghe chiacchierate fatte nel riaccompagnarsi interminabilmente a casa.*

*Le lasciava incredule il pensiero di come avevano vis-*

*suto fino a non più di tre anni prima, con il rimpianto di non averne approfittato più a lungo.*

Già.

Chissà se anche per Barbara è stato così?

Chissà quanto le sono mancate le chiacchierate con le amiche, le passeggiate, tutta la vita che c'era, prima di me.

Chiudo il libro e resto poggiata alla spalliera del letto, cercando un punto sulla parete di fronte.

Le saranno mancate le passeggiate, le chiacchiere, le risate, i ragazzi.

E io? Cosa è mancato a me, in questi anni? A cosa ho scelto di rinunciare? Ogni volta che mi faccio questa domanda so bene che la risposta non mi piacerà.

Nessuno mi ha costretto a rinunciare a qualcosa, nessuno mi ha impedito di vivere una vita diversa da quella che ho vissuto. Non ho mai voluto qualcuno accanto a me, un uomo, una donna. Non ho mai voluto neanche un gatto.

Ripenso al cucciolo spaventato, nascosto sotto l'automobile in sosta. Alla sua paura che non ha trovato conforto. Provo vergogna.

E in questa notte, mi sembra di sentirlo ancora, miagolare.

Per qualche giorno ho fatto e disfatto progetti, programmi, valigie. Il mondo si è messo a correre, e io sto accelerando, in questa corsa impazzita dell'anima mia.

Ho prenotato un volo per Parigi, dopo aver aperto e chiuso la pagina di Air France mille volte. Sono pronta. Non è vero, non lo sono affatto, sono agitata, e domani lo sarò ancora di più, all'imbarco. A cosa sto andando incontro?

Marcello è tornato in studio, gli faccio le consegne per proseguire il lavoro nei giorni in cui sarò fuori. Nel corso del tempo i ruoli, tra noi, si sono invertiti. Sono io a portare avanti l'attività del laboratorio, lui si è riservato uno spazio quasi contemplativo, studia, ricerca, ma negli ultimi tempi produce molto meno di prima. Ma non riuscirei a fare a meno della sua presenza, del suo formidabile intuito.

È tornato dimagrito, la pelle del viso è diafana, sembra di alabastro, delicatissima. Gli zigomi sono più acuti, sporgenti. Dieci giorni a casa lo hanno intorpidito, così mi sembra, mentre lentamente prepara una tisana e me la offre.

«Come ti senti?»
«Benissimo»
«Dai… davvero.»
«Giuro, sto bene. Certo, ho perso quasi quattro chili e si vede, ma adesso sto molto meglio.»
«Okay…»
«Tu?»
Io sto bene, Marcello. No, non sto bene. Non so davvero cosa rispondergli.
«Sono… carica.»
«Carica?»
«Be', non so cosa mi aspetta a Parigi… ma sono carica, sì. Non vedo l'ora di incontrare Giulia.»
«Certo… lo capisco.»
«C'è qualcosa che vuoi dirmi?»
«In che senso?»
«Non lo so, magari c'è qualcosa che non mi hai detto e che faresti bene a dirmi prima che io la incontri.»
«Non ti capisco… cosa dovrei dirti?»
«Nulla dai, sono paranoica. Questa faccenda mi rende ispida, ostile.»
La verità è che ho cominciato a immaginare qualsiasi cosa, perfino a sospettare che Marcello non mi abbia raccontato la verità, di Parigi. Lui e mia madre non si frequentavano, ma si sono visti, alcune volte, lui sapeva cose di lei. E quando si sono ritrovati, venticinque anni dopo, qui a Milano, mi sembrava che fossero in imbarazzo. Barbara i primi tempi non era a suo agio, quando lo incontrava, qui in laboratorio. Poi però si è abituata, la cosa è sfumata lentamente, fino a sparire del tutto.

Sono diventati buoni amici. Negli ultimi anni sono stati molto uniti, e lui mi è stato sempre vicino quando mamma si è ammalata.

«La verità è che mi sono chiesta, in questi ultimi giorni, se tu non mi abbia tenuto nascosto qualcosa.»

«Ma cosa avrei dovuto nasconderti, Viola? A cosa ti riferisci?»

«Mi riferisco al fatto che... sì insomma, quando tu e io ci siamo conosciuti, in quella bottega di Parigi, è stato tutto bellissimo. Ci siamo innamorati, in qualche modo ci siamo innamorati... vero?»

«È vero...»

«Ecco, in questo periodo, a furia di scandagliare il passato come un fondale marino, mi sono trovata tra le mani di tutto. E di quasi tutto non so nulla, annaspo, faccio congetture, mi perdo in pensieri tossici.»

«E cosa pensi di aver trovato, che mi riguardi?»

«Non lo so. Mi ricordo solo che quando abbiamo messo su il laboratorio a Milano, quando tu e mamma vi siete incontrati la prima volta, non sembravate proprio felici di rivedervi.»

«Non è vero. Io ero felicissimo di incontrarla.»

«Sì, probabilmente mi sono espressa male. Sembrava però che ci fosse imbarazzo, tra voi, come se...»

«Come se cosa?»

«Non lo so, sono paranoica. Però oggi mi sembra che allora, in quell'istante, mamma non fosse felice. E che entrambi mi steste nascondendo qualcosa.»

Marcello mi guarda, sotto la luce della lampada oggi sembra più vecchio.

«E tu hai tenuto questa cosa per te, per tutti questi anni?»

«No. Non ci ho mai più pensato. Non ho mai dato peso a quello che accadde quel giorno, giuro. Ma nelle ultime settimane tutto è tornato a galla, ogni dettaglio, ogni piccolo particolare.»

Abbassa lo sguardo, e stende le mani sul tavolo. Sono così belle le sue mani, percorse dai rivoli azzurri del flusso sanguigno. Poi solleva nuovamente il viso e mi fissa.

«Viola, non ti ho mai nascosto nulla. Non c'è nulla che io sappia di tua madre che tu non sai.»

Lo dice con fermezza, perfino con una punta di risentimento. E non distoglie lo sguardo da me, come a confermare la sua determinazione. E io mi sento strana, ancora una volta, come se questa faccenda, questi pensieri ossessivi mi stessero scollando dal mondo reale, sciogliendo le mie certezze nell'acido di un sospetto immotivato. Mi viene da piangere, ma non piango.

«Scusami.»

Lui fa un cenno di assenso.

E ci rimettiamo al lavoro, e come ogni volta che abbiamo litigato, tutto si placa nel silenzio. Più tardi vado a cambiarmi per andare in piscina. Ci abbracciamo, domattina partirò molto presto e questo pomeriggio non sarò in laboratorio. Ho un milione di cose da sbrigare.

Marcello mi stringe forte e mi augura buon viaggio, mi dice di stare tranquilla, non c'è nulla di cui avere paura. E io ci penso, mentre cammino.

Non c'è nulla di cui avere paura.

Nello spogliatoio trovo Valeria che si riveste per andare via. Non ci siamo più sentite dopo quella sera allo speakeasy. È elettrizzata perché ha avuto le chiavi del nuovo appartamento, non vede l'ora di fare il trasloco.

«Devi venire a vederlo, è una figata pazzesca. C'è una stanza tipo il doppio del mio salone con tre finestre che si affacciano sul parco Lambro, la sera sembra di essere in un altro mondo.»

«...»

«Vabbè è molto più lontano dal centro da dove vivo ora, ma sticazzi, l'unica cosa che mi dispiace è che dovrò trovarmi un'altra piscina da quelle parti. Mi ero affezionata a questa.»

«La trovi sicuramente, tranquilla.»

«E noi? Non ci vedremo più?»

«Perché, siamo vive no?»

«Sì okay, ma pensi che, tipo continueremo a vederci, come due amiche voglio dire?»

«Sì, certo.»

«Non vedo l'ora di presentarti Cinzia, andrete d'accordissimo.»

«Okay... ah, a proposito, non mi sono dimenticata delle tue boccette. Ho selezionato alcune fragranze che potrebbero andare bene. Quando vuoi, passa dal laboratorio.»

«Grazie Viola, sei la numero uno.»

«...»

«Dai, adesso me la svigno che ho appuntamento col geometra. Ti chiamo allora, magari nei prossimi giorni, così vieni a vedere la casa.»

«D'accordo, sentiamoci.»

Prende la borsa, mi dà un bacio e se ne va, muovendo il suo piccolo culo allegro. Io mi cambio, infilo le ciabatte ed esco dallo spogliatoio. Indosso la cuffia e passo sotto la doccia tiepida.

Prima di entrare in acqua resto sul bordo qualche secondo, come sempre del resto, poi salgo sul blocco e mi tuffo.

Adesso sono qui, davanti al gate.

Il volo per Charles de Gaulle tarderà venti minuti. Ho portato un bagaglio leggero, un piccolo trolley e lo zaino. Resterò a Parigi solo un paio di giorni.

Mi guardo intorno e vedo gli altri passare. Incrocio gli sguardi, qualcuno mi sorride, e mi sento come se fossi parte di qualcosa che si compie, nel destino universale dei viaggiatori.

Una bimba francese sta giocando con lo smartphone, sua madre parla al telefono, accanto a lei.

La bambina avrà tre o quattro anni, è seria, tutta concentrata sul display. Si chiama Camille.

Giulia ha scritto nella mail che io ero una bambina serissima, ma quando scoppiavo a ridere mi illuminavo tutta. E così aspetto che anche lei si illumini. A volte mi chiedo cosa passi nella testa dei bambini, che mondi si muovano, quali capricci del pensiero, quali cadute. E se ci sia un momento, anche solo un momento, in cui le madri riescano ad attraversare la barriera ed entrare negli stessi luoghi pensati.

Io non sarò mai madre, il tempo è andato, ormai. E mentre lo dico, Camille stacca gli occhi dal display e mi guarda. E sorride, e si illumina tutta.

I banchi di nuvole sembrano immobili, mentre viaggiamo a dodicimila metri di altezza.

Il cielo si tinge di rosso. Non prendevo l'aereo da più di un anno, e, come ogni volta, resto ipnotizzata da questo spettacolo stupefacente.

Lo steward ci avverte che stiamo per cominciare la discesa per Charles de Gaulle, e ci invita ad allacciare le cinture di sicurezza. Poco dopo affondiamo per quasi un minuto nella densità in cui il mondo scompare, per poi ritrovarlo, come un giocattolo, fatto di minutissimi dettagli. I corsi d'acqua si snodano tra le campagne, sono capillari che segnano le trame venose delle geografie terrestri.

L'aereo scende ancora, fino a che distinguiamo bene le strade, il traffico serale delle automobili, gli agglomerati di edifici ordinati come mattoncini, nei quartieri periferici.

E infine vediamo Parigi, i tetti, le strade, la torre Eiffel, tutti i giocattoli della memoria.

Provo un'emozione così piena, un desiderio così forte di abbracci.

Atterriamo che il sole è ormai tramontato, la luce del crepuscolo mi accompagna dalle vetrate. Faccio i percorsi obbligati, fino alla fermata dei taxi, ne prendo uno e riaccendo il cellulare. Mi compare subito un messaggio di Marcello: *Tutto bene?* Tutto bene, sì, ti scrivo domani.

Il mio hotel è vicino a Saint-Sulpice, a meno di un quarto d'ora dall'abitazione di Giulia, in rue Mazarine. La vedrò domattina a colazione, stasera voglio stare da sola, e perdermi un po', lo desideravo da tempo.

Pago il taxi ed entro nella hall. È un albergo delizioso, le pareti sono verniciate di rosa e una boiserie di legno scuro corre per tutti gli ambienti. Sento un buon profumo di lavanda mentre la signora alla reception mi chiede di compilare il documento per la privacy. Ha le lentiggini sul naso.

Poi mi consegna la chiave e salgo in camera, al quinto piano, ho scelto questa perché ha un piccolo balcone che si affaccia sui tetti. Digito il codice e la porta si apre, lascio il trolley all'ingresso e mi chiudo la porta alle spalle. Sento addosso quel brivido dei bambini: è la stanza perfetta, i colori in armonia, il profumo di fiori veri, tulipani, narcisi e margheritine di campo. Accarezzo i petali e vedo la mia immagine riflessa nel vetro della finestra, poi esco sul balcone.

E tutta questa bellezza mi trapassa il cuore.

Dopo la doccia sono di nuovo per strada, affondo in quella leggerezza che *sorvola le cose dell'anima togliendone il peso.* Era Calvino, sì. E mentre vado in giro mi torna in mente anche quello che diceva Audrey Hepburn in quel film: *Sapete che cosa si fa il primo giorno che si è a Parigi? Ci si procura un po' di pioggia. Una pioggia che non sia troppo forte, però. E una persona veramente carina, con la quale girare in taxi per il Bois de Boulogne.* Non sono attrezzata per la seconda parte, ma quanto alla prima mi sembra che tutto vada per il giusto verso, sta cominciando a scendere una pioggerellina sottile.

E così me ne vado in giro, come un flâneur, incrociando quel mondo confidenziale che nella mia testa non ho mai smesso di frequentare. Sono stata tante volte a Parigi, attratta da una calamita invisibile, ma mai con Barbara. Per una ragione misteriosa sin da piccola ho cominciato a parlare il francese, senza mai studiarlo davvero, e poi ho letto i romanzi, Maupassant, Yourcenar, Pennac, Ernaux, ho ascoltato le canzoni, visto i film. Le fiabe dell'infanzia fluivano nelle cadenze mobili di quella lingua melodiosa, Cappuccetto Rosso per me è sempre stato *Le petit chaperon rouge.*

Dopo aver girovagato un po' mi ritrovo dalle parti di Saint-Germain-des-Prés. Non resisto alla tentazione di entrare nel Café de Flore, manco da così tanto tempo, solo che l'impatto è diverso da quello che desideravo. È che una pensa sempre di incontrare Sartre, Simone de Beauvoir, Brigitte Bardot e poi ti trovi, come adesso, davanti a quattro turisti con i bermuda e le ciabatte, che parlano a voce troppo alta. All'immagine fotografata nella mia mente si sovrappone quella attuale. Non sento il profumo del latte, più buono di quello italiano, del caffè, dei croissant gonfi di burro, non vedo le uova schierate, come soldatini, sui portauovo d'argento. Insomma, non ritrovo nulla di quell'atmosfera che mi ha fatto innamorare, i divani rossi di pelle che corrono lungo le pareti, gli specchi, quelle piccole e felici abitudini. Ci sono ancora, ma non ci sono più. L'ultima volta che ho fatto colazione al Café de Flore è stato circa quindici anni fa, e dopo colazione, in una bottega di essenze, ho incontrato Marcello.

Esco e percorro il boulevard, al posto di quella bottega adesso c'è un negozio automatico di cibi e bevande. Tornare nei luoghi a cui siamo legati e che la nostra immaginazione ha reso così densi di vita pensata, o anche solo sperata, forse non è un'ottima idea. Come diceva Nora, quando mi parlava del convento in cui è cresciuta, e che ha rivisto dopo moltissimi anni: tutto sembra diverso, più piccolo, più fermo.

Mi infilo in una strada laterale e dopo una trentina di metri la mia attenzione è attratta da un edificio incastonato tra altri due più alti. All'ingresso un centinaio di candele accese, e sopra le candele una freccia segnata a pennello su una tavola di legno. Vedo persone che entrano nell'androne e si dirigono verso le scale. Chiedo a una di loro cosa ci sia all'interno.

Stasera ci sarà una performance, l'ultima di una serie a cura di un collettivo di artisti che si chiama Twelve Monkeys, è uno spettacolo sensoriale. Il palazzo a maggio verrà ceduto a un gruppo bancario. È un hôtel particulier, un tempo era la residenza di una nobile famiglia parigina.

«*On dit que la maison est toujours habitée par des fantômes, on dirait que plus personne ne veut y vivre.*»

Ecco, la leggenda vuole che la dimora sia infestata dai fantasmi e i loro eredi vogliono disfarsene. L'uomo sorride e mi fa cenno di seguirlo, e si dirige all'interno. E io lo seguo.

Tutto si svolge nell'enorme ambiente centrale, illuminato da centinaia di candele sistemate all'interno di una vasca di zinco, al centro sala, il pubblico è disposto lungo il perimetro. Io continuo a seguire l'uomo con cui ho parlato all'entrata e mi siedo accanto a lui. Ci presentiamo, si chiama Philippe, scambiamo ancora due chiacchiere a voce bassa, la performance sta per cominciare.

Il salone è magnifico, cinque grandi finestre schermate con dei teli neri lasciano intuire l'affaccio sul giardino retrostante, le volte, corrose dall'umidità, sono affrescate con scene di caccia. Due specchi sui lati minori della sala moltiplicano all'infinito l'immagine della vasca da cui si leva la luce delle candele.

Una ragazza, vestita con un'uniforme simile a quelle che si usano nelle arti marziali, illustra quello che sta per accadere. La performance è il frutto di una residenza artistica svoltasi proprio qui, nella Maison du Chien Noir, l'immagine nello stemma che si trova all'entrata ritrae appunto un cane nero che corre.

Poi cala il silenzio, la ragazza spegne le candele nella vasca con un gesto rituale. Ne lascia accesa una soltanto e si allontana. In questa attesa surreale, nessuno si muove, posso sentire il respiro delle persone accanto a me.

Poi la luce della candela, come per magia, si spegne.

Rimaniamo al buio, fino a che l'occhio non si abitua alla totale oscurità. Non succede nulla. Poi cominciamo a sentire dei suoni, sembrano provenire dalle altre stanze, piccoli rumori di cui probabilmente in una situazione normale non ci accorgeremmo: le posate affastellate in un cassetto, una scopa di saggina che spazza il pavimento, lo stillicidio quasi impercettibile di un rubinetto. E infine la voce, una voce sottile di bambina che parla con sua madre prima di addormentarsi, in realtà questo è quello che immagino, non riesco a distinguere le parole, appena sussurrate. E all'improvviso, dopo un altro lungo silenzio, dalla vasca di zinco parte un fascio di luce verso il soffitto. Sulla volta cominciano a correre le immagini mute di un film super otto, quelli che si usavano molti anni fa, sono scene quotidiane, di una famiglia qualsiasi, una madre che sorride, una bambina, una bicicletta rossa, una corsa sfrenata sulla neve. Poi la proiezione si interrompe bruscamente, la pellicola si brucia, e torna il buio. E il silenzio.

E allora sento salire nel petto una specie di commozione, un desiderio di piangere che non riesco a frenare. E piango, senza sapere davvero il perché, fino a quando la flebile luce della candela nella vasca di zinco, magicamente, si riaccende da sola.

Entrano in scena una decina di ragazze e di ragazzi, vestiti tutti con l'uniforme scura, e uno a uno, sussurrano qualcosa nell'orecchio degli spettatori che a loro volta si alzano e si dirigono verso l'uscita. Davanti a me una ragazza bionda, minuta, con i capelli tenuti insieme da un elastico, si avvicina e mi sussurra qualcosa all'orecchio in un francese un po' stentato.

«*Comment tu t'appelles?*»

«Viola...»

«*Eh bien Violà, il est temps d'y aller, de tout quitter et de partir.*»

Poi mi abbraccia e mi accompagna per mano all'uscita. E mentre andiamo quella frase si mette a girare nella mia testa: *è arrivato il momento di andare, di lasciare tutto e andare.*

Quando sono fuori mi sento spaesata, altre persone, come me, non sanno esattamente cosa dire, restano in silenzio, prolungando il senso di quello che è accaduto all'interno. La performance si ripeterà tra poco per un altro gruppo di spettatori.

Vado via, ma qualcuno mi chiama. È Philippe, il signore che ho incontrato all'entrata, mi fa un cenno e si avvicina. Mi accorgo solo adesso che è più basso di me. Segaligno, porta un paio di baffi sottili e i capelli pettinati indietro, fissati con la lacca. Avrà una settantina d'anni.

«Scusa Violà, vorrei solo dirte arrivederci.»

Parla un italiano stentato, ma mi chiede di non parlare francese. L'italiano gli ricorda sua madre, che era di Napoli. Suo padre era argentino invece.

«Sono proprio un métis... *sang mêlé*, como se disce en italiano?»

«Sangue misto»

«Ah ecco, voilà...»

È molto simpatico, ha un modo elegante, naturale di conversare, lo fa come se ci conoscessimo da tempo. Mi dice che ci teneva molto ad assistere alla performance, all'hôtel particulier, è triste al pensiero che quel posto diventerà una banca. Più di vent'anni fa era ancora una casa abitata, il giardino era uno spettacolo, organizzavano spesso delle cene di beneficenza, ci veniva con sua moglie.

«Poi suscede che le familie si scoppiano.»

Ha decine di filmini simili a quelli che abbiamo visto nel salone. Gli sono venuti tutti in mente, guardando.

«Mi sono... como se dice *touché*?»

«Commosso...»

«Ecco, sì. *Comosso.*»

«Commosso, con due emme.»

«Ah certo, sono mezzo argentino...»

Sorride, malinconico, ma all'improvviso il viso si illumina tutto.

«Viola, vuoi venir conmigo a bailar?»

«A ballare.»

«Mais oui, ci vediamo siempre, al giovedì, pour dancer le tangò. Siamo tanti amici, rien de formel...»

«Grazie Philippe, ma è un po' tardi per me, domattina devo svegliarmi piuttosto presto e...»

«Ma dai, è qui vicino... stai poco e poi *returni à l'hôtel...*»

Lo guardo e mi viene da ridere, e infatti lui scoppia in una risata che gli toglie una cinquantina d'anni. Poi mi prende per mano e mi porta con sé.

In quel momento ripenso a quello che mi ha sussurrato la ragazza, alla fine della performance.

*È arrivato il momento di andare, di lasciare tutto e andare.*

*Come formiche, si arrampicano su per i muscoli.*
*Le sento camminare, in una fila ordinata, inesorabile.*
*Devo uscire fuori da questa stanza, da questo mondo stretto. È cominciata l'estate.*

*Sul pianerottolo vive una gatta, viene qui a prendere il sole, si siede nel riquadro di luce che filtra dalle vetrate del lucernario. Non so chi sia il suo padrone, ammesso che i gatti possano averne, è libera di muoversi, di avventurarsi sui tetti. Attraversa un varco tra i vetri, appiattendosi tutta, la guardo camminare in equilibrio sul bordo affilato del cornicione.*
*E mentre ci penso l'immagine si sdoppia, davanti a me, come un'interferenza visiva, una diplopia del pensiero.*
*Chiudo a chiave la porta di casa, la gatta si volta e mi guarda. Si chiama Lulù, è tutta bianca con una macchia nera sull'occhio sinistro. Mi avvicino, lei annusa il mio dito e poi, con degnazione, si volta, dandomi di nuovo le spalle.*

*Scendo le scale, il corpo è come scosso da una vibrazione statica. Sento un rimbombo, un suono cadenzato, a ogni gradino mi sembra di muovere qualcosa altrove, co-*

*me se la mia materia si disgregasse e si ricomponesse lontano da qui.*

*Apro il portone e avverto quell'odore di mondo, il rumore di traffico, le voci appiccicate alle voci. La vetrina del bistrot riflette l'immagine di me. Per un istante mi pare di capire che tutto si sveli, ogni singola sensazione, ogni movimento dell'aria sulla mia pelle, questo sentire piccolissimo appartiene a un livello di percezione che nella veglia forse non esiste, non è sperimentabile.*

*Quindi io non sono sveglia, non posso essere sveglia.*

*E per un istante mi appare chiaro che questo non può che essere un sogno.*

*Poi qualcuno mi chiama, Georges è dall'altro lato della strada. Mi fa segno di raggiungerlo.*

*Dobbiamo andare, deve mostrarmi una cosa importante.*

Il sibilo della sveglia si insinua nelle orecchie, cerco il telefono tra le lenzuola e dopo un paio di tentativi, blocco la suoneria.

Mi fanno male i muscoli dei polpacci, un cerchio di metallo mi stringe le tempie, la bocca secca, impastata, tutto il vino di ieri sera. Sono rientrata alle tre, ma per la prima volta dopo tanto tempo, ho dormito un sonno profondo, senza risvegli.

Philippe mi ha portato a ballare il tango al Quai Saint-Bernard. C'erano coppie di danzatori esperti e molte persone che, come me, erano lì solo per assistere allo spettacolo. Però poi lui mi ha trascinata in pista, e, lo ammetto, è stato bellissimo. Mi sono affidata a quell'omino coi baffi, mi ha portata nelle evoluzioni della danza con una forza e una grazia insospettabili. Mi sono sentita sicura, libera, felice.

Ora ho ricordi un po' confusi, ma mi resta un'immagine nella testa, il mondo che gira mentre lui mi fa ruotare nell'aria. I volti, i corpi annodati, i riflessi delle luci sulla superficie nera del fiume. E mi resterà l'odore di un dopobarba al mentolo, che arriva dritto dagli anni Settanta, e quello terroso della pelle, che mi tranquillizza.

Prima di andare via ci siamo abbracciati e non ci siamo neanche scambiati un numero, per un saluto. Lui mi ha detto che mi aspetta, un'altra volta, per ballare. E mi ha sorriso, come un padre, come farebbe un padre, credo, sì. Come farebbe il padre che non ho mai conosciuto.

Vado a fare la doccia, tra un'ora ho appuntamento con Giulia. Mi vesto, mi trucco, infilo le décolleté col tacco quadrato. Faccio un caffè con la macchina per l'espresso e prendo una compressa di analgesico.

Quando sono per strada mi prende quel solletico tra le dita, quell'emozione delle mani, come mi succedeva da ragazza, il giorno degli esami. Strofino i polpastrelli, e stringo i pugni, come facevo allora. In meno di dieci minuti sono davanti al locale, a due passi da place du Panthéon.

Mi siedo nel dehors e dico alla ragazza che sono in attesa di una persona. Mi accorgo che non ho la minima idea di che aspetto abbia Giulia, e presumo che anche lei non conosca il mio.

Quindi un po' sono tesa, e un po' sorrido. Osservo ogni donna che mi passa davanti, fallendo ogni volta la mia previsione, e nel giro di pochi secondi monto e smonto la mia idea sul suo viso, i suoi occhi, gli abiti, il modo di camminare.

Lei invece arriva alle mie spalle, e mi riconosce. Non so come.

«Viola.»

Mi volto, è una signora con i capelli cortissimi e brizzolati, la carnagione chiara, niente trucco. Mi alzo, e senza dire nulla, ci abbracciamo. Restiamo strette, una all'altra, come se, entrambe, volessimo stringere qualcun altro. Poi ci stacchiamo e lei mi guarda con gli occhi umidi, sono grigi, è bella.

«Sono felice di vederti.»

«Anche io.»

Ci sediamo e lei continua a tenermi la mano, poi la lascia scivolare. Prende dalla borsa un fazzoletto di sangallo, con l'orlo ricamato, e si asciuga gli occhi. Lei è così semplice, così elegante.

«L'unica volta che ti ho vista avevi... forse un anno.»

«Ne ho quaranta adesso.»

«Già... sono vecchissima ormai.»

«Ma no... sei così bella.»

Anche io sono passata al tu, come un gesto naturale. Usiamo poche parole, frasi brevi, come se dovessimo controllare qualcosa che muove dentro. La cameriera porta i café crème e un piattino con due croissant caldi, che profumano tanto di burro. Giulia mi dice che viene spesso in questo posto, anche solo per leggere, o studiare. A volte porta con sé il computer e si mette a scrivere.

«È strano, qui, in mezzo alla gente, mi sembra che nessuno mi veda e riesco a concentrarmi.»

«Cosa scrivi?»

«Be', oltre alle faccende di lavoro... sì insomma... scrivo altre cose che nessuno leggerà.»

È un romanzo, ci sta provando da anni.

«Solo che scrivo e poi butto via tutto. Credo che non lo finirò mai.»

«Di cosa parla?»

«Bah... è un po' la storia della mia famiglia, di mia nonna paterna in particolare... è stata una donna formidabile, contadina, analfabeta, partigiana.»

«Di dov'era tua nonna?»

«Caboccolino, è una frazione di Sassoferrato, nell'entroterra marchigiano. A cavallo delle due guerre, contava forse un centinaio di abitanti, oggi credo che siano una ventina al massimo. Mio nonno era morto nella prima guerra mondiale e Lauretta, mia nonna, ha cresciuto una famiglia di tutte femmine tranne mio padre, che era il più piccolo.»

«...»

«Era una famiglia felice, e ha continuato a esserlo anche in mezzo ai disastri della guerra.»

«Ci torni mai in quei posti?»

«Ogni tanto, ho ancora dei cugini. Mio padre è morto tre anni fa, a novantadue anni.»

Poi mi racconta dei suoi figli, Lorenzo vive in America, è un ingegnere e insegna all'UMass di Dartmouth, in Massachusetts. Josephine ha seguito le orme di sua madre, insegna letteratura francese in un liceo del quattordicesimo arrondissement.

«Ha appena avuto una bambina. L'hanno chiamata Giulia, come me.»

«Giulia è un bel nome. Tua figlia vive da queste parti?»

«No, lei e Kalilou abitano a Batignolles, nel diciassettesimo. Lui è uno chef, e ha un piccolo ristorante delizioso. Si vive bene lì, lontani dal caos.»

Poi mi chiede di me. Le dico della bottega, di Marcello, delle mie consulenze. E che non mi sono mai sposata.

«Non hai figli?»

«No… credo che non sarei stata una madre impeccabile.»

«E chi lo è?»

Mi rendo conto solo in questo istante che non abbiamo ancora parlato di Barbara. Sta pensando la stessa cosa anche lei. Apro la borsa e tiro fuori la busta con le fotocopie delle lettere e una chiavetta, nella quale ho riversato l'audiocassetta.

«Ecco… e qui troverai l'audio del nastro di cui ti ho parlato.»

«Grazie…»

Osserva la busta, poi mette tutto nella sacca che ha appeso alla sedia.

«Spero che non ti dia fastidio, ma vorrei che mi parlassi di mia madre, quello che ti ricordi, quello che hai voglia di raccontare…»

«Certo…»

Inspira ed espira profondamente.

*Babette era bellissima.* Comincia così. Non ho mai saputo che qualcuno usasse quel vezzeggiativo per lei.

«Abbiamo vissuto nello stesso palazzo per quasi tre anni. Avevamo vite diverse, interessi diversi, non ci somigliavamo quasi in nulla. Ma quando stavamo insieme ci divertivamo molto, avevamo una confidenza naturale, un'intimità che non più ho ritrovato negli anni, con altre amiche. Barbara era estroversa, carnale, impulsiva. Io introversa, timida, un pezzo di legno.»

«Mi sento anche io un pezzo di legno, se può consolarti.»

Mi guarda e sorride, poi riprende il racconto.

«Ci stavamo specializzando negli studi, ci eravamo laureate da poco, e frequentavamo gli stessi corsi di studio, ma con docenti diversi. Capitava che ci vedessimo a cena, a casa sua, oppure da me... andavamo al cinema, ai concerti, in quegli anni Parigi era talmente piena di vita. Solo che Barbara era un animale sociale molto più sviluppato, faceva amicizia con tutti, la sua casa era sempre piena di gente. Attraversava il caos con quella disinvoltura così elegante, che le ho sempre invidiato.»

Penso a quella ragazza, che somiglia così poco a mia madre, è la sua versione splendente. Giulia esita qualche istante, poi continua il racconto.

«Va bene poi... era anche una che si ficcava nei guai.»

«Cioè?»

«Be'... era molto bella, e sapeva di esserlo. *La belle italienne*, la chiamavano così in facoltà. Faceva un po' di pasticci con gli uomini, si innamoravano tutti di lei. E lei sembrava non rendersene conto. Le piaceva sentirsi, come posso dire... al centro della festa.»

«...»

«Premetto che io forse ero un po' bacchettona, alla fine ero una ragazza che veniva dalla campagna, ma lei a volte esagerava. Fumava, beveva, e tutto il resto.»

«Cos'è tutto il resto?»

«Il suo appartamento, a volte, era una specie di fumeria d'oppio, e lo dico senza giudizio. Un suo amico si procurava la roba da uno spacciatore algerino, circolava di tutto, erba, hashish, acidi. A volte tiravano anche un po' di coca, ma succedeva di rado, nessuno era abbastanza ricco da potersela permettere. Io vivevo tutto questo con un po' di disagio, mi sentivo esclusa, qualche volta mi facevo anche io una canna, ma non sono riuscita mai a lasciarmi andare davvero.»

«...»

«E insomma, dopo le feste accadeva spesso che qualcuno si fermasse lì... tutta la notte. Io tornavo sempre a dormire da me, e la mattina quando passavo a salutare Barbara per il caffè, mi sembrava di entrare in una comune.»

«Dove abitavate?»

«In rue Maître-Albert, una stradina a due passi dalla Sorbonne. Io al primo piano, lei al terzo. Spesso ci passo davanti, e ogni volta ho la sensazione che... non so come dire... il palazzo si sia svuotato, come se tutto il mondo di allora fosse sparito per sempre. Forse è proprio così.»

«...»

«Poi io ho cominciato ad andare e venire da Parigi, anche se ho mantenuto per un po' il mio piccolo appartamento. A volte penso di aver vissuto due vite, una prima e l'altra dopo quegli anni. Forse è un sentimento che provano tutti, pensando alla prima giovinezza. Ci convinciamo che quel periodo sia qualcosa di irripetibile.»

«Già.»

«Niente, poi, quando io sono partita per il mio dottorato, ci siamo perse di vista. Anche questo succede abbastanza spesso, credo. Quello che ti sembra imperdibile, perfino insostituibile, alla fine viene sostituito da qualcos'altro.»

«...»

«Ma, se ci penso, c'era qualcosa in quegli anni, qualcosa tra noi. Che non avremmo dovuto perdere.»

«Perché mia madre non mi ha mai parlato di te?»

Le faccio questa domanda a bruciapelo. E lei resta come interdetta, prende il cucchiaino e scava l'ultimo residuo di crema dalla tazzina. Lo mette in bocca e stringe le labbra per succhiare lo zucchero. Poi torna a guardarmi.

«Non lo so, Viola.»

E io non so perché, per la prima volta da quando ci siamo incontrate, sento qualcosa di storto, una distanza improvvisa. Un formicolio che non mi piace sentire addosso.

«La verità è che ho sempre saputo pochissimo della vita di mia madre a Parigi. Non ho fatto altro che immaginarla attraverso le poche cose che mi raccontava quando aveva bevuto un po' di più del solito.»

Mi scruta, come per capire di più. Forse mi sono un po' irrigidita, forse lei se ne accorge.

«Viola, c'è qualcosa che ho detto che ti ha messa a disagio?»

«No... tranquilla...»

Sento che la nostra conversazione sta muovendo in un'altra direzione. Nella direzione inevitabile.

«Tu conoscevi mio padre?»

È una domanda che non ho mai fatto a nessuno, tranne che a Marcello, tanti anni fa. E mentre lo dico mi rendo conto di quanto questo sia folle, di come io sia stata complice per tutta la vita di una rimozione enorme, senza senso.

«No, non lo conoscevo.»

Giulia si guarda le mani, le dita lunghe, affusolate. Poi mi fissa, e nei suoi occhi c'è una specie di tristezza, lontanissima.

«Posso solo immaginare cosa puoi aver provato, Viola. Che tipo di mutilazione deve essere non sapere nulla del proprio padre. Di chi ci ha messo al mondo.»

«Come fai a saperlo?»

«Cosa?»

«Come fai a sapere che non ho mai saputo nulla di mio padre?»

Adesso sembra confusa, disorientata. Ha quasi paura.

«Lo hai detto tu. Non è così?»

«Io ti ho solo chiesto se conoscessi mio padre. Non ti ho detto che non so nulla di lui.»

«Ma...»

Annaspa, balbetta qualcosa. E mi rendo conto di quanto, forse, sono stata aggressiva.

«Scusami... sono stata... brusca.»

«No, scusami tu, devo aver collegato le cose...

istintivamente. Quello che Barbara mi disse allora, il tuo racconto…»

Adesso non siamo più a nostro agio, né lei né io. Rimaniamo in silenzio per qualche secondo.

«Comunque no, non ne so nulla. È che su questa questione ho un nervo scoperto. Per troppo tempo non me ne sono occupata, e non riesco… proprio non riesco a perdonarmi.»

«…»

«Non riesco a perdonarla.»

«Viola, vorrei tanto poterti aiutare. Mi dispiace tantissimo.»

«…»

«Lo so, deve sembrarti così strano. E in effetti lo è. Quando penso a quel periodo… è tutto così confuso, non so neanche dire cosa sia venuto prima e cosa dopo. Tutto quello che so è che sei stata concepita quando io ero lontana da Parigi. Tua madre mi aveva solo accennato a questo ragazzo che le piaceva. Ma non ho mai saputo il suo nome.»

Come è possibile che mia madre non ne avesse mai parlato? Dio mio, come è possibile.

«Quello che mi ricordo è che lo aveva incontrato per caso, forse a una cena. E io devo aver pensato che fosse una delle sue tante storie, te lo dicevo prima, Barbara era circondata da ragazzi che la corteggiavano.»

«Quando ti ha detto di essere incinta?»

«Era già rientrata in Italia. Io ero a Marsiglia, non ci sentivamo da molto tempo, la rintracciai per telefono dopo aver saputo che aveva lasciato

Parigi. Era già al quarto mese, forse al quinto. Quando me lo disse rimasi senza parole.»

Alcuni amici le avevano raccontato che Barbara negli ultimi tempi era diventata scostante, un'altra persona. Nessuno sapeva spiegare il suo comportamento.

«Come è possibile… come è possibile che nessuno sapesse nulla?»

«Non lo so, Viola. Credo che neanche Georges fosse a conoscenza di come stessero realmente le cose.»

«Georges?»

Giulia ha gli occhi di una bambina che si è persa in un posto pieno di gente. Sembra smarrita, impaurita. O forse sono solo io che faccio queste assurde congetture.

«Erano molto amici. Erano stati insieme. Si volevano molto bene.»

«Non mi ha mai detto nulla neanche di Georges.»

«Tesoro… mi dispiace.»

«…»

Forse non avrei dovuto cercarla, per rincorrere un segreto che non esiste. Restiamo in silenzio, per un po'. Una di fronte all'altra, guardando altrove.

Sta ricominciando a piovere, come ieri sera, ma adesso il cielo è carico di nuvole scure. Ci ripariamo all'interno, poi Giulia insiste per pagare, io mi sento improvvisamente stanca, senza forze. D'un tratto non abbiamo più nulla da dirci. Torniamo due estranee.

Prima di salutarci ci diciamo cose che si direbbero due che si sono incontrate per caso, in un treno, in una sala d'attesa, e che hanno parlato un po' per ingannare il tempo.

Per ingannare il tempo, sì.

Lei mi chiede quanto mi trattengo a Parigi, e io le rispondo che ho un volo domani sera. Facciamo le ultime cose con una cordialità spenta, poi ci abbracciamo, lei apre l'ombrello e se ne va.

Mentre mi allontano, non mi volto a guardarla.

Poi però mi pento e mi giro.

Ma Giulia non c'è più.

C'è qualcosa che batte nella fronte, negli occhi, una vibrazione continua.

La ragazza al banco sorride, mentre mi prepara un altro Daiquiri, i gesti rapidi, essenziali, sa esattamente cosa fare. Mi porge la coppa e io, per l'ennesima volta, accosto le labbra e sento lo zucchero e il rum, sulla lingua, sul palato. Questo calore, in questo maggio così freddo. In questa vita gelida.

Una volta Marcello mi disse che avrei dovuto trovarmi un uomo e sposarmi. Così, dovevo compiere l'azione scientificamente, perché sarebbe arrivato un momento in cui avrei avvertito il peso della solitudine, *non quella fottutissima e compiaciuta solitudine in cui ti piace stare*, diceva lui, quella vera, delle case vuote, dei silenzi inesorabili del mattino, delle parole dette da soli davanti a uno specchio. E allora sarebbe stato troppo tardi. Me lo disse alla fine della festa per i miei trentatré anni, quindi forse, un po' presto per pensarci. Fu lui a organizzarla, il laboratorio si riempì di gente e di fumo, e io mi sentii a disagio in quel luogo invaso, contaminato dagli odori scomposti delle persone, dell'alcol, del tabacco. Ovviamente c'era anche mia madre.

Allora vivevo il mio dorato isolamento come un vanto, sentirmi diversa dagli altri, e così simile a lei, mi proteggeva. *Non abbiamo bisogno di nessuno, tu e io.* La stella polare dell'esistenza.

Quando tutti se ne furono andati restammo in tre, Marcello, Barbara e io. Continuammo a bere champagne e a scavare la panna dalla torta con le dita, le candeline giacevano sul tavolo un po' sghembe. Non so come capitò il discorso, forse quella sera qualcuno si era avvicinato a me più del solito e io mi ero sottratta, come al solito. Non lo so.

«Tesoro non puoi comportarti così.»

«Come mi sono comportata?»

«Dai, appena uno ti si avvicina tu scappi.»

«Ma che dici?»

«Devi sbrigarti a trovarti un uomo.»

«Marcello, dimmi perché dovrei trovarmi un uomo?»

«Perché poi sarà troppo tardi, so cosa significa.»

Fu allora che mamma intervenne. Posò il bicchiere, con un tremolio leggero, e aspirò forte dalla sigaretta.

«Che cazzo ne sai tu, Marcello?»

Io la guardai, stupita. La voce era netta, dura. Lo sguardo sfidava quello di lui.

«Perché dovrebbe cercarsi un uomo e sposarsi?»

«Barbara, stai facendo sul serio?»

«Rispondi alla mia domanda.»

«Non fin quando userai questo tono con me.»

«Marcello, te lo ripeto. Perché cazzo dovrebbe cercarsi un uomo e sposarsi?»

«Te lo dico se ti calmi. E se ti scusi.»

«Okay, sono calma. Ti chiedo scusa. Adesso dimmi il perché.»

«Perché arriva un momento che si resta soli. Ecco perché.»

«...»

«E si finisce per gettarsi troppo tardi nelle braccia di quello sbagliato perché la solitudine ti consuma, oppure ci si vendica, su sé stessi, come fai tu, da quando ti conosco.»

Mi ricordo benissimo gli occhi di mia madre in quel momento. Il suo viso sembrò cedere, silenziosamente. Ma non pianse. Finì di bere l'ultimo goccio e posò il bicchiere sul tavolo. Poi si voltò e senza dire altro se ne andò.

Io la rincorsi per strada, le dissi che eravamo tutti stanchi, era tardi, avevamo bevuto troppo, Marcello non voleva dire quello che aveva detto. Lei mi guardò e mi diede un bacio sulla fronte.

«Buon compleanno tesoro mio, ci sentiamo domani.»

Non ne avremmo più parlato, l'indomani. Non siamo riuscite mai a farlo davvero.

E questo è paradossale per chi, come noi, ha sempre immaginato di scambiare tutto, i segreti, i baci, le carezze, i racconti, i sorrisi, le parole.

Di cosa non abbiamo parlato, mamma? Quel grumo che ti sei portata dentro, quel dolore. E io quella forma simmetrica di sofferenza, quell'assenza mai colmata che neanche adesso riuscirò a colmare.

«*Madame...*»

Mi riscuoto e la ragazza dietro il banco si rivolge

a me con delicatezza, mi prende la mano, vedo la sua, la carnagione scurissima, sopra la mia.

«*Y a-t-il quelque chose que je puisse faire pour vous?*»

E solo in questo istante mi accorgo che ho pianto, il mascara mi cola sul viso, nello specchio del bancone sono una maschera tragica.

Mi porge una scatola di kleenex e mi soffio il naso. La ringrazio. No, non credo tu possa fare qualcosa per me, ma grazie lo stesso.

«*Merci... Il est peut-être temps pour moi d'aller dormir.*»

Fa cenno di sì, con la testa. E sorride dolcemente.

Pago i miei quattro Daiquiri ed esco dal locale. Sono appena passate le undici, i tacchi mi fanno male, faccio fatica a seguire la linea dritta del marciapiede. Tolgo le scarpe e continuo a piedi nudi.

Barbara lo faceva sempre, togliersi le scarpe nel bel mezzo di una situazione inopportuna, mi divertiva molto. Una volta agli Uffizi, un tizio della sicurezza la fermò sostenendo che non si poteva andare in giro con quei corpi contundenti tra le mani. Disse proprio così. Mamma scoppiò a ridere e gli consegnò le scarpe, per poi riprenderle all'uscita.

Passo davanti a un edificio art déco, mi accorgo che accanto alla grande vetrata c'è un'insegna con scritto PISCINE PONTOISE. Mi avvicino e leggo che questo mese la piscina resta aperta al pubblico fino all'una del mattino. Sono le ventitré e ventidue minuti.

Mi tolgo l'abito e lo appendo nell'armadietto, ci metto anche le scarpe e la biancheria. Indosso il costume nero che ho comprato alla reception, le ciabatte e la cuffia monouso, ed esco dagli spogliatoi. C'è una luce quasi fiabesca, davanti alla vasca sento un'emozione che non so esattamente esprimere.

Mi siedo sul bordo e immergo i piedi nell'acqua. Quelli del turno precedente sono appena andati via, siamo in pochi, a quest'ora. Mi lascio scivolare, fino a immergermi tutta, e comincio a nuotare. Mi muovo verso un obiettivo che conosco benissimo, e penso che forse il mio posto nel mondo è proprio questo, soltanto questo, l'acqua di una piscina, ovunque si trovi. Come se dappertutto fosse la stessa acqua. Come se fosse casa. C'è un confine così sottile tra dolore e bellezza, in questa sopravvivenza subacquea, nel fluire ordinato dei corpi, nella successione ritmica delle bracciate. Tutto si confonde, la mia vita di lettere lasciate a metà, le domande senza risposta, l'ebrezza della giovinezza, il futuro che non esiste, tutto si lascia cullare in una luce aurorale.

Quella ragazza che non sono io, ma che pure sono, o avrei potuto essere. La vedo muoversi nella città, dove tutto freme, si fa solenne, proprio come adesso, mentre nuoto, nella penombra.

Sopra di me, oltre il vetro del lucernario, posso vedere la luna.

Ritiro la chiave alla reception, il portiere di notte mi fa un sorriso stanco, dalla stanza attigua arriva la luce di un televisore acceso, il volume è quasi azzerato. Faccio per andare e lui mi richiama.

*«Désolé madame, j'ai oublié qu'il y avait une enveloppe pour vous.»*

Una busta per me. Chi mi invia una busta, qui, in albergo, a Parigi? Nessuno sa dove sono. Mi accorgo che queste parole pesano molto di più di quello che apparentemente significano. Nessuno sa dove sono.

In ascensore sento il cuore che accelera. Quando entro in camera, accendo il lume sul comodino e mi siedo sul letto. Faccio un respiro profondo.

E la apro.

Sul cartoncino solo un nome e un indirizzo, e più in basso un messaggio:

*Cara Viola, ho ritrovato il recapito di Georges tra le mie carte. Non ho un numero di telefono, ma credo che lui viva ancora lì. Spero possa esserti utile.*

*Per tutto il resto, perdonami.*

*Giulia*

Leggo il nome e l'indirizzo: *Georges Lemaire, Place du Bourg 2, Roscanvel*

Sento qualcosa salire sul petto. Cerco subito la località su Google Maps e scopro che si tratta di un comune microscopico della Bretagna, nel dipartimento di Finistère. Meno di mille abitanti, più o meno quanti ce ne sono nell'isolato in cui vivo. Rileggo il messaggio, guardo sul retro del cartoncino, come se ci fosse qualcos'altro da scoprire, grattandone la superficie.

Poso il biglietto sul tavolino, e me ne sto un po' qui, al buio. Il nome del dipartimento, Finis Terrae, sembra chiudere in modo beffardo il cerchio di questa ricerca affannosa.

Chi è Georges Lemaire? Perché Giulia mi chiede di perdonarla?

E per un istante un'altra domanda si fa largo nella testa. La vedo comporsi nel buio, a lettere luminescenti.

Georges Lemaire è mio padre?

Alle sette sono partita in automobile per la Bretagna. Se tutto va bene dovrei arrivare a Roscanvel prima delle quattordici.

Quando sono entrata in agenzia, a due passi dalla Gare de Lyon, l'impiegato mi ha mostrato il parco macchine e io ne ho scelta una potente, con la guida automatica, che ovviamente non userò. Il noleggio costa più del viaggio aereo che ho dovuto annullare. Ma sì, mi sono detta, tanto vale chiudere in bellezza.

Guido veloce, è una giornata di sole. Sento addosso un'euforia di ragazza mentre insieme alla radio canto a squarciagola *Bitter Sweet Symphony* dei Verve. Come quella sera di fine agosto, forse venticinque anni fa. Eravamo tutti avvolti negli asciugamani intorno al falò, dopo il bagno in un mare nero come la china, tremanti, un po' ubriachi, un po' tristi perché stava finendo tutto. Le promesse dell'estate si infrangevano sulle scogliere di settembre, non ci saremmo visti mai più. Eppure quella notte sono stata felice, cantavamo tutti la stessa canzone.

Un centinaio di chilometri dopo Rennes vedo il paesaggio mutare, la strada si snoda tra le colline, in un mondo selvatico che pare fare a meno della presenza dell'uomo. Le case di pietra si affacciano tra la vegetazione, i tetti di ardesia, i frutteti, la superficie mossa dei campi coltivati. Passo attraverso una costellazione di piccoli paesi, le siepi selvatiche corrono lungo il percorso spandendo odori, una sinfonia di terre umide, sambuco, e i primi sentori dell'oceano. Che belle le ortensie, così tante, così libere.

Mi viene in mente quello che scriveva la Woolf, credo in *Orlando*: *la vita è una serie di piccole occasioni per fare grandi cose.* Pressappoco così. Ecco, mentre guido, va sfumando la ragione del viaggio, restano nitide, invece, le immagini intorno a me, un mondo così impregnato di vite, che mi pare di essere accolta, abbracciata.

E mi sembra di coglierne almeno una, di quelle occasioni, viaggiando.

E infine vedo l'oceano. Sento un colpo nel petto, come se questa fosse la meta inseguita per una vita intera. Imbocco una stradina in mezzo agli arbusti e parcheggio l'auto in uno sterrato, poi mi incammino su un sentiero tra i cespugli di biancospino selvatico, la prima fioritura manda quel profumo inconfondibile di fiori dolci, di mandorle, di muschio. Proseguo fino a una collinetta verde, e dopo un piccolo dosso, finalmente lo sguardo si apre. Come in un pieno orchestrale.

Vedo solo cielo e oceano.

Le nuvole si affollano all'orizzonte, dove la linea del mare è una lama d'argento. Sembra davvero il limite estremo della terra degli uomini, il confine dei mondi.

Cammino sulla spiaggia, le onde si infrangono nella risacca, in un fragore di battaglia. Mi avvicino alla riva, tolgo le scarpe e mi siedo su un tronco di legno albino, levigato dalla salsedine. Non c'è nessuno. Soltanto un cormorano, a una ventina di metri da me, consuma il suo pasto, appollaiato su uno scoglio. Il piumaggio nero risplende di riflessi argentini in questa luce livida, accecante. Non si cura di me.

Non ho voglia di pensare, voglio solo restare qui, per un po', a guardare l'oceano.

Mi ci vuole poco più di mezz'ora per arrivare a Roscanvel, le case con i tetti spioventi di ardesia e i muri verniciati di bianco sembrano usciti da una fiaba di Andersen. Il villaggio è deserto, e ora che sono arrivata mi rendo conto che Georges Lemaire potrebbe non vivere più qui, essere altrove, o anche essere morto, chissà. Dietro una curva si affaccia un vecchio in bici, mi passa accanto e, come prima il cormorano, non mi degna di uno sguardo. Vado a cercare l'indirizzo che Giulia ha scritto sul biglietto.

La place du Bourg è uno slargo tra due case con i muri di pietra e le finestre piccole, al numero due c'è una porta massiccia di legno scuro, le finestre sono chiuse da serramenti di legno, con barre di acciaio e lucchetti. Provo a bussare, ma non risponde nessuno, poi faccio il giro della casa, nella speranza di trovare un segnale qualsiasi, una porta sul retro, una targa, un messaggio. Nulla.

Nel frattempo mi è venuta fame, non tocco cibo da ieri, continuerò la ricerca più tardi. Chiedo a una signora anziana che viene nella mia direzione se può indicarmi una trattoria, ma lei mostra di non capire quello che dico. Avrà forse novant'anni, lo sguardo aperto, sereno. Dice qualcosa, ma questa volta sono io a non capire. Ho letto da qualche parte che una comunità di abitanti della regione parla ancora la lingua bretone, che non somiglia per niente al francese. E allora comincio a fare dei gesti, facendole capire che cerco un posto dove mangiare, e lei mi dice di seguirla, credo. Prendo il trolley dall'auto e la raggiungo, e un po' mi viene da ridere, sono qui, in una località sperduta della Bretagna, in cui gli ultimi sopravvissuti parlano una lingua sconosciuta.

Ci infiliamo nel dedalo di stradine del piccolo centro e arriviamo davanti a una casa con le imposte verniciate di rosso, c'è un cartello sul muro: AUBERGE DE L'OCÉAN. Mi fa cenno di andare, io la ringrazio, non si allontana fino a quando non è certa che io sia entrata.

La signora alla reception parla il francese, per fortuna, le dico che ho bisogno di una camera per questa notte e che vorrei mangiare qualcosa. A quest'ora la cucina è chiusa, ma può farmi preparare pane e formaggio, se voglio, la camera è libera, sono fortunata, ce ne sono soltanto quattro nella locanda. Le lascio il documento e lei mi consegna la chiave, appesa a un portachiavi che sembra un dente di balena, poi dice che tra dieci minuti mi porterà il panino e un bicchiere di vino.

Ringrazio e salgo la scala ripida che porta al primo piano, entro nella camera, c'è odore di sapone di Marsiglia e legno bruciato. Apro la finestra e mi invade il profumo inebriante del mare.

Riaccendo il cellulare, e trovo alcuni messaggi. Tre sono di Marcello che vuole notizie, e prova a nascondere la sua ansia con frasi di circostanza. *Com'è la mia amata Paris? Sei stata a Notre-Dame? Hai incontrato chi dovevi incontrare?* Gli rispondo subito, per tranquillizzarlo, la sua amata è sempre bellissima, Notre-Dame è ancora in mezzo ai ponteggi, e ho incontrato chi dovevo incontrare. Ma non ho ancora finito. Non torno a Milano questa sera, come previsto, mi farò viva domani per dirgli a che ora rientro. C'è anche un messaggio di Matteo, mi scrive che ha le informazioni che cercavo, la prossima settimana ci vediamo e mi racconta. E infine Raoul. Vuole sapere come sto. Martedì prossimo si inaugura una mostra di un collettivo di artisti, in un nuovo spazio appena fuori Milano. Se ho voglia potremmo andarci insieme. Non so se ho voglia di uscire con lui, non sono pronta a frequentare qualcuno, non riesco a immaginare di costruire qualcosa, adesso. Forse non sono mai stata capace di farlo.

E così non gli rispondo, farò finta di non aver visto il messaggio e me ne accorgerò quando sarà troppo tardi.

Bussano alla porta, la signora della reception entra con un vassoio, sul piatto il formaggio e due fette di pane scuro, e accanto un calice di vino bianco. Mette tutto sul tavolino, poi mi sorride ed esce.

Me ne sto un po' qui, seduta davanti alla finestra. Mangio un pezzo di pane e bevo un sorso di vino, il formaggio è strepitoso, mi sembra di non aver mai mangiato nulla di così buono. Chiudo gli occhi, il suono dell'oceano mi ipnotizza. Più tardi farò una doccia e mi metterò alla ricerca di Georges, e se non vive più qui, userò questo pezzo di giornata per fare quello che capita. Va bene così.

Ho comprato un libro nel bookshop dell'aeroporto, è un piccolo trattato sulla filosofia di Charles M. Schulz. Mamma aveva una collezione dei Peanuts che copriva un intero scaffale della libreria. Mi sembra sempre di trovare una risposta a qualcosa, in quelle strisce.

Faccio il gioco che facevo con lei quando ero piccola, apro il libro a caso e punto il dito. Si vedono Linus e Charlie Brown affacciati a un muretto. *Pensi mai al futuro Linus? – Oh, sì, sempre – Come pensi che vorresti essere da grande?* E Linus risponde: *Vergognosamente felice.*

Ecco, chiedilo anche a me Charlie.

Come vorrei essere da grande.

Anche io vorrei esserlo. Felice.

Vergognosamente felice.

Mi lavo con una saponetta alla lavanda, mi asciugo con un telo ruvido e mi rivesto. Scendo e ritiro il documento alla reception, adesso c'è un signore più anziano, di nome Bertrand. Gli chiedo se per caso conosce Georges Lemaire, dovrebbe vivere da queste parti. Lui mi guarda con un'espressione interrogativa, poi il viso si illumina.

«*Ahh... frère Georges... peut-être que tu cherches frère Georges...*»

In paese lo chiamano così, frère Georges. No, non è un religioso, ma ha una vita molto appartata, con i suoi dipinti, le sue piante officinali, qualcuno in paese pensa che sia una specie di stregone, dice Bertrand, sorridendo. E io avverto uno sbandamento, mi tremano le gambe. Le piante officinali...

Bertrand se ne accorge e mi chiede se va tutto bene.

«Sì... solo un capogiro... *juste un petit vertige.*»

Continua a raccontare e mi dice che Georges trascorre buona parte del tempo all'Îlot des Capucins, dove ha un laboratorio, le sue tele, e un orto magnifico. Spesso resta a dormire lì, anche se non sarebbe consentito.

Poi mi fissa come in preda a un sospetto improvviso.

«*Mais qui êtes-vous, madame? Vous êtes de la famille?*»

No, non sono una parente di Georges. Sono una vecchia amica. E mentre lo dico qualcosa si scolla, per un istante io non sono più io, sono un'altra, in un altro luogo, in un altro tempo.

La voce crespa di Bertrand mi riporta qui, dice che l'Îlot dista dal paese un'oretta a piedi, ma se voglio può prestarmi una bicicletta, ci arrivo in meno di venti minuti.

Rimango qualche secondo senza dire nulla, poi ringrazio e accetto l'offerta. Lui mi dice di attenderlo fuori e sparisce dietro una porta a vetri che dà in un cortile interno.

Poco dopo si riaffaccia con un vecchio arnese arrugginito, non si presenta benissimo ma è una bicicletta fantastica, mi assicura, avrà almeno una quarantina d'anni e non lo ha mai abbandonato. I freni e le ruote sono a posto, ha appena controllato. Sorride, e sorrido anche io.

Infilo lo zaino e chiudo la zip della giacca a vento, lui mi aiuta a salire e, quando sono in sella, sollevo il pollice e dico che è tutto okay. Ci salutiamo, e parto. Imbocco la stradina in discesa, e, dopo una serie di curve, sono subito fuori dal centro abitato.

Viaggio controvento, a ogni piccolo dosso il cuore mi balza nel petto. Sento di essere vicina a qualcosa di decisivo, ho perfino paura di dare un nome al pensiero che mi gira nella testa.

Incrocio una vecchia Renault verniciata di giallo, due mucche solitarie e un contadino sopra un ciclomotore degli anni Settanta, e dopo circa un quarto d'ora arrivo in cima a una piccola altura, con un'area sterrata, dove un cartello divorato dalla salsedine indica l'Îlot des Capucins.

Oltre la freccia, c'è una piccola penisola sulla quale si erge una costruzione modellata direttamente sulla roccia, un sentiero conduce a un ponte in pietra che collega la rocca alla terraferma. Scendo fino al ponte e appoggio la bici su un muretto, e proseguo a piedi.

Provo un sentimento che non so descrivere. Non vedo l'ora di incontrare Georges, ma ho paura. Per un attimo ho la tentazione di voltarmi e scappare.

Sul ponte due gatti riposano pigramente sul parapetto, altri più avanti, figurine che appaiono e scompaiono, dietro le mura. Intorno alla fortezza, semidistrutta, aleggia il fascino inquieto dei luoghi abbandonati. Mi chiedo dove possa essere il laboratorio di cui ha parlato Bertrand, in mezzo a queste rovine.

Arrivo sull'isolotto, sento soltanto i suoni della vegetazione minuta, i rumori microscopici della deambulazione degli insetti. Come se i miei sensi fossero amplificati, moltiplicati, come se davvero questo luogo fosse impregnato di una magia misteriosa.

Cammino sull'erba che circonda la fortezza, tra le macerie si legge ancora la divisione in due parti della costruzione in granito, una quasi sotterranea e una esterna. I fori e le feritoie fanno immaginare il posizionamento dei mortai. Era un avamposto militare per la difesa dalle aggressioni che potevano giungere dal mare.

E mentre mi trovo qui, sola, tutto sembra muovere la sua consistenza, fluttuare, e farsi metafora di sé. Questo luogo serve a difendere qualcuno da qualcosa.

Sono sola, neanche un visitatore, soltanto questa pietra fibrosa, e il verde selvatico.
Soltanto il vento. E l'oceano.

Poi succede quello che deve succedere.
In fondo alla spianata di pietra la sagoma di un uomo. Che resta lì, e mi guarda.

*Lo sento che il mondo precipita.*
*Ogni volta che mi sveglio manca qualcosa.*
*Una progressione lenta, verso il deserto.*

*Il sole manda un tepore languido.*
*Ci sediamo su una panchina. Non diciamo nulla. Non c'è nulla da dire.*
*Guardo il suo viso, gli occhiali rimandano i riflessi fiammeggianti del fiume. Il sole sta tramontando e tutto il cielo si tinge di rosso.*
*Davanti a noi la Senna si apre in due fiumi all'Île de la Cité. La Sainte-Chapelle.*
*Tutta questa bellezza.*
*Questo addio.*

*Georges mi prende la mano, dobbiamo andare.*
*Sento la fatica nei muscoli, le articolazioni mi fanno male.*
*Scendiamo i gradini che portano al quais e camminiamo a lungo, mentre tutto diventa scuro.*
*Vorrei dirgli fermati, sono stanca, fermiamoci. Non voglio più andare avanti.*
*Ma non sono capace.*

*Quando risaliamo le scale è buio, siamo lontani dal cono di luce dei lampioni.*

*Facciamo ancora pochi metri.*

*Ecco, mi dice.*

*È successo qui.*

Indossa una tuta da lavoro grigia e un grembiule sudicio di vernice, il passo leggermente claudicante, ma l'andatura spedita, di chi è abituato a muoversi su un terreno sconnesso.

Quando è a pochi metri da me lo guardo meglio, ha i capelli grigi molto corti, la barba, il naso robusto, gli occhi scuri, come i miei. Il cuore mi batte forte in gola.

Mi chiede di cosa ho bisogno.

«Sto cercando Georges Lemaire.»

Gli ho parlato in italiano. Istintivamente. Mi risponde in italiano, anche lui.

«Voi chi siete?»

«Io sono Viola. Viola Bramati.»

Non dice nulla, non dico nulla anche io.

Mi scruta, come farebbe un animale selvatico. Poi si schiarisce la voce, strofina la mano destra sulla tuta e me la tende.

«L...lieto di conoscerti... Viola...»

La pelle callosa, la stretta forte. La voce calda, leggermente arrochita. Non so perché, ma mi sembra di essere una bambina.

Mi fa cenno di seguirlo. Camminiamo lungo un

sentiero stretto tra le rocce, e arriviamo davanti a una costruzione diroccata, ci sono alcuni scalini piuttosto ripidi. Scendiamo e attraversiamo un androne illuminato da uno squarcio nel muro e arriviamo in un secondo ambiente, quasi intatto. È una sala immensa, con pochi mobili e suppellettili, due grandi finestre si affacciano sull'oceano. Sulle pareti decine di tele, rivolte al contrario, sul tavolo barattoli e pennelli di tutte le dimensioni, carboncini, colori, spatole, spugne e stracci. In fondo alla sala un dipinto riempie buona parte della parete, ancora incompiuto. È la scena di un mare in tempesta.

Spolvera una sedia con un fazzoletto e me la porge.

«Prego.»

Ne prende una anche lui, e si siede di fronte a me. La sua espressione non è più sospettosa, semmai velata di malinconia. Per qualche istante, come in un sogno lucido, in cui tutto accade e niente esiste davvero, lo guardo e lo riconosco.

Poi lui comincia a parlare.

«Non avevo mai visto una tua fotografia.»

«...»

«Non una recente, perlomeno.»

«...»

«Però Barbara mi ha parlato spesso di te.»

«Lo sai che...»

«Lo so.»

Ha gli occhi lucidi. Vorrei chiedergli come fa a saperlo, se si sentivano, e come, ma non lo faccio. Resto in silenzio.

«È un grande dolore.»

«...»

«Ma è la vita, no? Adesso... come diceva quel poeta? Adesso lei è nella stanza accanto.»

Vorrei piangere. Vorrei smettere di trattenermi, e piangere. Restiamo senza dire una parola. Ma non sento di doverlo riempire, questo silenzio.

«Gradisci una tazza di caffè?»

Mi guardo intorno, stupita, e lui accenna un sorriso.

«Qui dentro sono un clandestino, ma non mi faccio mancare nulla.»

Si alza e tira fuori da un armadietto di ferro due tazzine, e la caffettiera. Riempie la moka e la mette su un fornello da campo. È una scena surreale, sembra che fuori, il mondo, non esista più. E io mi sento al sicuro, qui dentro.

Guardo dalla finestra, l'oceano è di piombo, le onde si infrangono sulla scogliera, un paio di uccelli marini si lanciano a precipizio sott'acqua, riemergendo subito dopo con la preda stretta nel becco.

«A quest'ora tutto comincia a trasformarsi, sai...»

«...»

«La marea sale, il mare cambia colore. Ci passo le ore, davanti a quella finestra. Potrei descriverti tutte le nuance del cielo, del mare...»

«È stupendo.»

Mi porge la tazzina fumante e la tengo tra le mani. Bevo un sorso, poi indico il quadro sul fondo della sala e gli chiedo se posso osservarlo da vicino.

«Certo...»

La tela è enorme, sarà alta quasi tre metri. È fissata alla parete con due assi di legno piuttosto spesse, intorno al quadro sgabelli, barattoli, pennelli, bicchieri, e due tavolozze con palette di colori, dal grigio al blu, dal bianco al verde. Mi avvicino, sento l'odore grasso dell'olio di lino impastato ai pigmenti. Il dipinto è bellissimo, nella sua incompiutezza, la luce radente esalta le tracce delle pennellate, segnano la consistenza del mare, delle nuvole, degli scogli. Istintivamente confronto il cielo dipinto con quello alla mia destra, inquadrato dalla finestra. E capisco come questo posto abbia davvero qualcosa di magico, nella sua tormentata bellezza.

Poi torno a sedermi. Dico a Georges che il quadro mi piace tanto, sarei molto curiosa di vederlo lavorare. Lui non risponde. Ce ne stiamo in silenzio, mentre fuori l'oceano avanza, è quasi il tramonto.

«Vuoi sapere se vivo qui?»

«...»

«Non vivo qui, ovviamente. Ma ci trascorro buona parte delle giornate, ormai. Qualche volta, ti confesso, ci rimango anche a dormire.»

Mi indica un lettino con un sacco a pelo. Tutte le cose, in questo posto, sembrano oggetti smarriti. Monadi di uno stato mentale.

«So che hai una casa in paese.»

«Sì... ma quando posso, mi piace svegliarmi di fronte a questo spettacolo, sentire il freddo nelle ossa. Penserai che sono matto.»

«No...»

«E tu?»

«Mi chiedi se sono matta anche io?»

«*Mais oui...*»

«Be', sì. A volte penso di essere completamente matta.»

«Allora andiamo d'accordo.»

Scoppia a ridere. Andiamo d'accordo, tu e io, come padre e figlia. Lo penso e rabbrividisco.

«Mi hanno detto che sei un erborista.»

«Oh, sì. Totalmente autodidatta però. È una mia vecchia passione che ho ripreso da qualche anno.»

«È anche la mia passione.»

«Davvero? Sei un'erborista?»

«Mi occupo di profumi, di odori. E quindi sì, anche di piante.»

Gli racconto del laboratorio, e dirgli quello che faccio mi viene naturale, come se ci conoscessimo da tanto e non ci vedessimo da un po'. Lui ascolta e si accarezza la barba ispida, talvolta stringe gli occhi, per concentrarsi. Ha quasi settant'anni, è qualche anno più vecchio di mia madre, ma il fisico è agile, nonostante la lieve zoppia. È molto incuriosito dal mio lavoro, mi chiede di raccontargli il processo che uso per realizzare le fragranze.

«Non credo sia molto appassionante.»

«Mi interessa, invece.»

«Va bene... per prima cosa preparo un elenco dei requisiti del profumo. Gli ingredienti, gli standard certificabili, specifico i rischi per determinate forme di allergia. Poi passo alla selezione delle famiglie olfattive. Con Marcello, il mio socio, decidiamo come far risaltare determinate proprietà.

Questo passaggio dipende ovviamente dall'obiettivo, da cosa si vuole ottenere. E poi si passa a selezionare le materie prime, quelle di origine naturale, noi preferiamo usare soprattutto quelle, ma talvolta accade anche di dover usare molecole di origine sintetica.»

«Ah sì... mi faresti un esempio?»

«Non lo so... mi viene in mente una richiesta un po' strana che mi fece una signora stravagante alcuni anni fa. Era una nobildonna ungherese, molto ricca, che viveva in Italia, chiese a Marcello di creare un profumo che riproducesse la fragranza *dell'Acqua della Regina d'Ungheria,* sovrana da cui lei diceva di discendere. Si trattava di un distillato risalente all'inizio del Quattrocento, peccato però che di questo distillato si fossero perse le tracce da secoli. Avevamo tra le mani soltanto qualche indizio, suggestioni letterarie, nessuna pista olfattiva da seguire.»

«...»

«E allora ci siamo dati da fare. Abbiamo trovato una ricetta del Seicento in cui erano indicati alcuni ingredienti, il timo, il rosmarino e una pianta sconosciuta che sembrava una miscela odorosa di menta e maggiorana. E soprattutto era indicata la sensazione che produceva la fragranza all'olfatto. E così, usando le molecole di sintesi, siamo riusciti a creare un'essenza che somigliasse alla sensazione descritta.»

«E la signora?»

«La signora fu felicissima di avere tra le mani la famosa Acqua della Regina d'Ungheria.»

Georges sorride. Si allunga sul tavolo e prende una scatola di latta e la apre.

«Ne gradisci uno?»

«No... grazie.»

«Ti dà fastidio se fumo?»

«No, tranquillo...»

Taglia a metà il sigaro con un taglierino affilato, poi prende un cerino e lo accende. Aspira profondamente e soffia un fumo denso, profumato di spezie.

«Non ho più molti vizi, ma non riesco a fare a meno di questo.»

«...»

«Da quando sono qui, tutto è cambiato. Il tempo, per esempio. Non fumo sigarette da anni, ma un sigaro, a quest'ora, mi dà una sensazione di pace, di familiarità. Così come prendermi cura dell'orto.»

E comincia a raccontare delle sue erbe officinali. Ho la sensazione che fatichi un po', come se l'articolazione dei muscoli facciali avesse bisogno di sciogliersi, come accade a chi non parla da molto tempo. Mi dice che ha insegnato per trent'anni biologia in un liceo di Brest, poi ha deciso di ritirarsi qui per dipingere, è venuto a Roscanvel, nella casa del nonno. Ci trascorreva la villeggiatura d'estate, quando era ragazzo. L'idea dell'orto è nata per caso.

«Venivo spesso qui all'isola dei Cappuccini per dipingere, mi mettevo con un cavalletto sugli scogli e usavo delle tele piuttosto piccole, il vento dell'oceano si porta via tutto. Il custode dell'isola mi concesse di usare questa sala abbandonata della fortezza, l'ingresso era comunque interdetto ai pochi visitatori che si spingevano fino qui. Ho sempre desiderato lavorare su tele enormi, è stata una grande fortuna trovare un posto dove farlo.»

Soffia un'altra nuvola densa e dice che, man mano che prendeva confidenza con lo spazio, si accorse che in un piccolo appezzamento di terra circondato dalle mura e protetto dai venti oceanici, la macchia selvatica cresceva molto rigogliosa, e allora decise di provare a piantare alcune essenze che già coltivava nel giardino di casa.

«L'oceano distrugge e protegge, con la stessa forza. Quello che fa fatica a crescere nel mio giardino, in paese, qui si sviluppa magnificamente. Ormai sono quasi dieci anni che ci vengo ogni giorno, da solo, e non mi sento mai solo.»

Credo di riuscire a capirlo. Forse avverto qualcosa di simile, quando sono nel mio laboratorio.

«Avresti voglia di vedere l'orto?»

«Sì… certo. Mi piacerebbe molto.»

«Perfetto, allora. Seguimi.»

Usciamo dalla sala e imbocchiamo un corridoio, alla fine del quale ci sono dei gradini sconnessi. Scendiamo e ci troviamo davanti a una porta di ferro, Georges fa ruotare una grossa chiave nella serratura e la porta si apre.

Fuori c'è un rettangolo di terreno coltivato, stretto e lungo, circondato da muri di pietra. Sopra i muri il cielo si staglia netto, senza interferenze.

«Ma che posto è? È incredibile.»

Lungo il perimetro c'è un camminamento stretto, ogni pianta porta un cartoncino con il nome scientifico scritto per esteso. Riconosco il tarassaco, la salvia, il biancospino, e la genziana, l'arnica, la rosa canina. C'è un lavoro, una dedizione, un amore certosino per ogni piccolo dettaglio. Mi fermo davanti a una pianta con dei piccoli bulbi affioranti dal terreno.

«Cos'è?»

«Quella è una mandragora, della famiglia delle Solanaceae. Altamente tossica, non provare a strofinare le dita sulle foglie.»

«Sembra una pianta di spinaci.»

«È il motivo per cui bisogna fare molta attenzione. In realtà, nelle giuste dosi, è anche un potente anestetico.»

Accanto alla mandragora sono schierati altri esemplari che non riconosco. Mi indica una piantina con le foglie di un verde acceso, leggermente tondeggianti.

«Quella lì appartiene alla famiglia delle Lamiaceae, ed è in tutto e per tutto simile alla *Salvia officinalis*, con una piccola ma sostanziale differenza.»

«Quale?»

«Questa è una pianta allucinogena, la *Salvia Divinorum* contiene una sostanza psicoattiva tra le più potenti al mondo. Masticando le foglie o bevendone il succo, pare si possa accedere a visioni straordinarie...»

Per un istante mi viene voglia di dirgli, okay prendiamo questa salvia e fumiamocela, mi sembrerebbe il modo migliore per suggellare questi ultimi giorni, i più strani della mia vita. Georges mi dice che con le sue piante prepara decotti, infusi, tisane.

«Non vedo un medico da almeno otto anni. E mi sono fatto l'idea che molto dipenda da questo luogo, lontano dal rumore, dalle fabbriche, discariche, fognature. È una specie di piccolo ecosistema protetto.»

«E lui chi è?»

Un gatto nero enorme cammina in equilibrio in cima al muro. Poi si ferma e ci guarda, con gli occhi gialli.

«Lui è Napoléon. Non dà molta confidenza. Mentre lavoro si mette lì e osserva. Ma non scende quasi mai da quel muro.»

Gli lascia l'acqua ogni giorno in una scodella, lui scende per bere e poi sparisce. Quanto al cibo non ne ha bisogno, è un cacciatore formidabile.

«Questo posto è bellissimo, Georges.»

Quando rientriamo, il sole sta tramontando. I raggi diffondono una luce rossa sulle pareti della sala. Comincia a fare più freddo, tra poco sarà buio.

Georges mi chiede se ho voglia di cenare, gli rispondo che sono venuta qui con la bici e non vorrei fare troppo tardi, non mi sento molto a mio agio per le strade di campagna a quest'ora.

«Ma no, ho la macchina. Carichiamo la bici e ti porto in una trattoria non lontana da qui, e poi ti riaccompagno a Roscanvel. Fanno un ottimo *Kig ha farz* e hanno un buon sidro.»

«Cos'è il *Kig ha farz*?»

«Uno stufato, di manzo, maiale e verdure. Lo servono con gli gnocchi di grano saraceno.»

«Forse mi hai convinto.»
«Allora? Andiamo?»

L'automobile corre tra le campagne, e ancora una volta non incontriamo nessuno, sento solo il riverbero delle ruote sulla carreggiata, il suono arriva nella cadenza di una musica atonale.

Dopo un quarto d'ora parcheggiamo davanti a un minuscolo agglomerato di case, sopra una di queste c'è un'insegna poco illuminata: CHEZ OLIVIER.

Quando entriamo nel locale ci invade un impasto di voci, musica, e odori speziati. La cameriera saluta Georges, è un cliente abituale, poi mi guarda, come per capire chi sono, e ci conduce all'unico tavolino libero, in fondo alla sala. Accanto c'è un vecchio pianoforte incastonato in un mobile a parete.

Ci sediamo, Olivier ci porta una brocca di vino.

Georges riempie i bicchieri quasi fino all'orlo. Faccio fatica a sentire quello che dice.

Poi mi guarda e sorride.
Poi smette di sorridere.
Si sporge verso di me.
«Credo di sapere perché sei venuta a cercarmi.»

Il destino intreccia una corda che si annoda e si scioglie, in un susseguirsi di nodi.

Mi tengo stretta a questa corda, per non cadere, ma sbando, sbando, sbando, mi pare di perdere l'equilibrio, perdo l'equilibrio, per sempre.

Ammesso che esista un sempre, e un mai.

Sono smarrita, un pesce d'argento nelle profondità degli oceani. Sono perduta. Esisto, ma nessuno lo sa. Non esisto più.

Non so più nulla di me, di mia madre, del mondo, sono un'ambulante dell'anima mia, un pesce fosforescente. I predatori del buio mi passano accanto, le ombre scure della profondità.

E forse quello che vedo, che sento, tutto quello che ho sentito non è mai esistito.

E Parigi, e Georges.

Non sono mai esistiti.

Mi metto le mani sulle orecchie e urlo, senza riuscire a urlare, per non sentire più niente.

Mentre volo mi ricordo una filastrocca che recitava mia madre, quando ero così piccola da non poter capire le parole. Eppure la sento, adesso.

Mentre l'aereo sorvola le Alpi. Sento la voce, perfino il fiato caldo di lei, e mi addormento.

Non sono sicura che la dicesse per me.

Non sono sicura.

Avevo già visto la tovaglia, la brocca di vino, i bicchieri. Avevo sentito la risata grassa di Olivier, e la musica che a un certo punto la donna ha cominciato a suonare. Avevo già visto tutto, da qualche parte, lontano da qui.

Come diceva quel verso, *quello che vediamo, quello che sembriamo, non è altro che un sogno dentro un sogno.* Era così che cominciava quel film che ho amato tanto, mi pareva che quella voce raccontasse un futuro che non si avvera, un passato mai vissuto. Una sospensione definitiva.

*La vita è sogno, soltanto sogno, il sogno di un sogno.*

Poi tutto si ferma.

Ancora una volta.

E lui riprende a parlare.

«Credo di sapere perché sei venuta a cercarmi.»

Il cuore mi batte fortissimo. Resto immobile.

Forse tremo, forse un brivido mi scuote il dorso, e il viso.

«Tutto bene?»

«Sì... tutto bene. Devo aver preso freddo, nel pomeriggio.»

«Bevi ancora un po' di vino...»

Lo versa, gli guardo le mani, piene di grinze, di calli, sento il gusto aspro di frutta macerata al sole.

Il liquido scivola dentro l'esofago e poi nello stomaco, in un calore bruciante.

Non riesco a dire niente. Posso soltanto ascoltare. Lui fissa un punto sul tavolo, tutto sta per succedere.

«Sono stato innamorato di Barbara per tutta la vita.»

Gli occhi brillano, il viso è arrossato dal caldo, dall'emozione.

«Non sono mai riuscito a odiarla, nonostante tutto.»

Odiarla perché, Georges? Perché?

Si erano conosciuti pochi giorni dopo che lei era arrivata a Parigi. Barbara aveva ventidue anni, lui venticinque. Lei aveva vinto una borsa di studio alla Sorbonne, lui era un giovane ricercatore presso il dipartimento di Biologia molecolare. Si erano incontrati al Palais de Chaillot, a una rassegna cinematografica della Cinémathèque Française, prima che la trasferissero al Centre Pompidou.

«Proiettavano *8½*, di Fellini, lei non lo aveva mai visto. Io lo conoscevo a memoria.»

Erano seduti accanto, Barbara gli chiese una sigaretta. Cominciarono a parlare, e dopo la proiezione andarono in un bistrot a bere qualcosa. Lei era bellissima, ironica, sensuale, con quella leggera malinconia negli occhi che ti ipnotizzava.

«Bevemmo un Monaco, era una bevanda leggera a base di birra e limonata, con lo sciroppo di granatina. Allora si usava. Ne bevemmo parecchi bicchieri.»

Lui rimase subito affascinato dalla *belle italienne*, e come lui in tanti, nei mesi che seguirono.

«Era una ragazza carnale, fisica, se riesco a spiegarmi... tutto quello che pensava, che sentiva, passava per il suo corpo. Le mani, la bocca, il sorriso, il modo in cui accavallava le gambe o le raggomitolava, rannicchiandosi su un divano. Faceva ogni cosa con una grazia selvatica, che mi lasciava senza fiato.»

Quella sera si baciarono per la prima volta. E non c'è mai stato un altro bacio, come quello, con nessuna.

«Mi innamorai all'istante. Cascai come una... come si dice in italiano?»

«Come una pera cotta.»

«*Oui*... come una pera cotta.»

Si innamorarono. Trascorsero i mesi successivi appiccicati l'uno all'altra, facevano colazione, studiavano, si baciavano, andavano al cinema, facevano l'amore. Per giornate intere.

Poi c'erano le feste, la casa strapiena di gente, le gite in campagna, i bagni clandestini nell'acqua gelida del lago di Gravelle, e quei funghi allucinogeni che portava un amico olandese.

Ma soprattutto c'erano lei e lui, dentro un letto, per giornate intere. Erano passati undici mesi da quando si erano incontrati, tutto sembrava perfetto.

«Eravamo a una festa a casa di persone che non conoscevo. C'era un sacco di gente che ballava, gente ovunque, nelle camere, in cucina, nei bagni.»

Cominciavano a circolare le prime pasticche di ecstasy, le feniletilamine, quelle compresse colorate con stampigliati dei disegni e piccoli simboli grafici.

«Pare che quei disegni servissero ad abbassare il livello di diffidenza per i fruitori occasionali, alla fine quella pasticca non era diversa da una caramella di zucchero.»

«Molly...»

«Esatto, si chiamava così. Come lo sai?»

«Georges, ho quarant'anni, ho visto un po' di cose anche io.»

Lui sorride, poi riprende il racconto.

«Quella sera Barbara andò fuori controllo. Bevve, fumò e buttò giù diverse pasticche. Ci avevamo dato dentro un po' tutti, veramente, ma lei si sentì male. La trovai stesa nel bagno in uno stato catatonico, aveva gli occhi chiusi e respirava a fatica. La portammo al pronto soccorso dove le fecero la lavanda gastrica. La tennero in osservazione per una giornata, e poi la riportai a casa.»

Qualcosa si ruppe, quella notte.

«Barbara cominciò a cambiare. Quella notte le era successo qualcosa che non aveva potuto gestire, non solo perché aveva perso i sensi. Si era spalancata una porta dentro di lei, e quello che aveva visto l'aveva terrorizzata. Nei giorni successivi mi raccontò qualcosa, molto confusamente.»

Barbara era figlia unica, senza padre, anche lei. Un giorno, da bambina, ascoltando una conversazione di nascosto aveva scoperto che sua madre era rimasta incinta di lei in seguito a una violenza. Per tutta la vita le avrebbe tenuto nascosta la verità, e Barbara avrebbe finito per accettare di custodire il dolore e la rabbia, dentro di sé.

La sera della festa, nel bagno di quella casa affollata, qualcuno l'aveva spinta contro il muro e provato a prenderla, contro la sua volontà. L'aveva picchiata e lei era svenuta, pareva morta.

«Quello schifoso sparì dal bagno, senza dire niente a nessuno.»

Lei si perse, inghiottita nel buio rancido di quel dolore. La vita riprese lentamente, e dopo qualche settimana Barbara sembrò recuperare l'entusiasmo per le cose, la voglia di vivere.

«Ma io sapevo che tutto era cambiato. Me lo diceva il suo corpo, che anche se mi toccava, mi teneva a distanza. La nostra storia finì. Lei era diventata quasi ostile, e io non fui capace di fare nulla. E forse non c'era nulla da fare.»

Si lasciarono lo stesso giorno in cui si erano incontrati, un anno prima. Georges prese le sue cose e le portò via dall'appartamento di rue Maître-Albert. E per alcuni mesi non si videro più.

«Perché ce l'aveva con te?»

«Non lo so. Quello che era successo l'aveva molto segnata. Tutti abbiamo ferite nascoste da qualche parte, cicatrici che possono riaprirsi senza preavviso. Barbara non mi ha dato mai una vera spiegazione. Ma di una cosa sono sicuro, però...»

«Cosa?»

«Io riuscivo a vederla. Potevo vedere quel dolore che era affiorato così potente dopo quella notte. Se lo portava dentro da chissà quanto e lo nascondeva dietro i sorrisi, le risate, la tenerezza. Io lo vedevo, e lei vedeva me. E non riusciva a perdonarsi, e a perdonare me perché sapevo.»

Cominciò a diventare ostile. Non voleva essere compatita. Non aveva bisogno di lui, non aveva bisogno di nessuno, continuava a dire sempre. E mentre Georges lo racconta rivedo mia madre, tante volte, nella mia vita di bambina, di ragazza. Rivedo me stessa prendermi cura di quel dolore. Che non ha mai raccontato a nessuno.

«Un giorno mi chiamò e mi chiese di incontrarci. Erano trascorsi dei mesi da quando ci eravamo lasciati.»

Si videro in una libreria che amavano entrambi. Quando lui arrivò lei era già lì, stava sfogliando un'edizione inglese di *Mrs Dalloway*.

«*Mrs Dalloway disse che i fiori li avrebbe comprati lei...*»

«Esattamente... anche a te piace la Woolf?»

«Oh sì... la amo. Disperatamente.»

«Come... come hai detto?»

«Mi piace tantissimo...»

«No, ripeti quello che hai detto prima.»

«Ho detto... ho detto che la amo... disperatamente.»

Georges mi guarda, con occhi quasi allarmati.

«Lo diceva tua madre... diceva esattamente questo. *La amo, disperatamente.*»

Per qualche istante resta in silenzio, e anche io non dico nulla. Tutto si agita, dentro di me, e tutto si azzera, in un vuoto pneumatico dell'anima. Poi la donna al piano ricomincia a suonare *My baby just cares for me* e il mondo riprende a muoversi.

«Diventammo amici. Io continuavo a essere innamorato di lei, ma mi bastava anche soltanto questo. E lei non ne ha mai approfittato. L'ho vista rinascere, tornò a essere *la belle italienne.* Il dolore cupo che l'aveva aggredita quella notte sembrava sparito, lo aveva ricacciato da qualche parte, in un cassetto remoto della coscienza.»

Tutto andò liscio fino alla primavera del 1982.

«A ripensarci è come un vortice. Le immagini si accavallano, e non sono sicuro di sapere cosa sia successo prima e cosa dopo. Non lo so più.»

Certi amici tedeschi li avevano invitati a casa loro, un trio di giovani jazzisti olandesi si esibivano per un po' di gente.

«Non mi è mai importato molto del jazz, ma Barbara ci teneva tanto ad ascoltare il concerto, quindi ci andammo. Gli ospiti erano quasi tutti amici dei padroni di casa, che già conoscevo, più un paio di americani, e dei ragazzi francesi, colleghi di università. Quella sera Barbara era più bella del solito, allegra, felice.»

Il concerto durò un'oretta e quando finirono di suonare, restammo a cena. Barbara cucinò gli spaghetti per tutti. Le brillavano gli occhi, era raggiante.

«E, in qualche modo, ero felice anche io. Rimanemmo a chiacchierare fino a tardi, bevemmo parecchio e ci facemmo un paio di canne. Quando riaccompagnai Barbara a casa sua era quasi mattina. Ci demmo appuntamento per mezzogiorno, la domenica andavamo spesso a fare una gita nei dintorni di Parigi. Poi all'improvviso lei mi diede un bacio.»

Continuarono a baciarsi davanti al portone, poi lei lo prese per mano e salirono in casa. Senza dire nulla.

«Passai la notte lì. Eravamo un po' fatti, ma eravamo tranquilli, felici. I nostri corpi erano felici. Abbiamo fatto l'amore tutta la notte. Come succedeva prima, come speravo che sarebbe successo per tutta la vita.»

Georges ha il viso arrossato, gli occhi lucidi. Intorno a noi le voci, la musica, l'odore intenso delle spezie, la risata grassa di Olivier.

«Il giorno dopo mi svegliai tardi, lei non c'era. Mi aveva lasciato un biglietto in cui mi diceva di non aspettarla, aveva avuto un imprevisto e sarebbe rimasta fuori tutto il giorno.»

Mentre parla strofina con il pollice sulle nocche consumate della mano sinistra.

«Inizialmente non diedi peso alla cosa. Tornai a casa e mi misi a lavorare, prima o poi mi avrebbe chiamato lei. Ma allora quando uno spariva, spariva davvero.»

«E lei sparì?»

«Non si fece più viva. Provai a cercarla in tutti i modi, dalle sue amiche, in facoltà, nei bistrot che frequentava. Niente. Si era come dissolta.»

«...»

«In fondo era già successo, pensai. Sarebbe tornata. Ma non andò così.»

Mia madre è sparita tante volte.

Anche restando a pochi metri da me.

Da bambina la guardavo andare via, quando era seduta alla sua scrivania, in mezzo a una nube di fumo. Guardava dritto e non si accorgeva di me. Guardava chissà dove. E io mi sentivo sola. Perduta. Poi però si riaccendeva, mi guardava e sorrideva. Mi prendeva per mano e mi portava a mangiare i bomboloni alla crema, in una pasticceria vicino casa. E io capivo che era tornata. Era con me. Non ero più sola.

«Mi telefonò quattro mesi dopo. Disse che doveva parlarmi.»

«...»

«Io le risposi che non volevo vederla, ne avevo avuto abbastanza.»

«E lei?»

«E lei riuscì a convincermi. *Solo dieci minuti, ti prego, vediamoci solo dieci minuti e poi non ti disturberò più.*»

«...»

«E io ci andai, sì.»

Si videro in un caffè. Lei lo attendeva seduta sul divano, nel dehors di un bistrot. Era l'inizio di agosto, faceva caldo. Chiacchierarono un po', ma la sua voce era diversa. Finì di bere il cappuccino e accese una sigaretta, ma la spense subito dopo.

«Era sciupata, confusa, stranita, c'era qualcosa di storto. Mi fissò, e sospirò profondamente. E finalmente disse quello che doveva dirmi.»

*«Sono incinta.»*

*«...»*

*«Sono al quarto mese...»*

Se ne era accorta soltanto una settimana prima.

Non aveva dato peso al ritardo, per via del ciclo irregolare. Poi però aveva deciso di fare un test.

*«L'ho ripetuto anche ieri. Sono incinta.»*

«...»

*«Ed è troppo tardi per interrompere la gravidanza.»*

Restarono così, immobili, in un tempo fermo. Come adesso Georges e io, senza dire niente. Come il niente delle nostre vite.

*«Non è tuo, Georges.»*

«...»

*«Lo so con certezza.»*

«...»

*«Mi dispiace... mi dispiace tanto.»*

*«Di chi è?»*

*«La sera del concerto a casa di Christoph... l'ho conosciuto lì.»*

*«L'olandese che suonava la chitarra?»*

*«No.»*

Era di Boston. Aveva trent'anni. Lui le aveva lasciato un biglietto, nella cassetta postale. L'aveva seguita, mentre lei e Georges tornavano a casa, dopo la festa. Aveva lasciato un foglietto con un numero di telefono. E lei quella mattina, dopo che lei e Georges avevano fatto l'amore, lo aveva chiamato.

*«Non so cosa mi sia successo. Ho iniziato a sbandare.»*

«...»

*«Mi sono innamorata di lui, vertiginosamente. Improvvisamente mi è sembrato che tutto diventasse perfetto. Il dolore era sparito per sempre.»*

*«Lui dov'è?»*

*«È ancora a Parigi. Parte domani sera.»*

*«Lo sa?»*

*«Sì, certo... lo sa.»*

Era un professore di Storia, figlio di una ricca famiglia ebrea, molto conservatrice. Suo padre dirigeva allora una delle più importanti università del Massachusetts, era stato anche membro del partito repubblicano al Congresso. Era una persona perbene.

*«Mi ha detto che non può lasciare sua moglie, suo figlio. Sono spuntati così, all'improvviso.»*

«...»

*«Non so neanche se sia vero. È un vigliacco.»*

«...»

*«Mi ha fatto credere di essere innamorato, di non avere mai amato nessuno così. Non ha fatto che ripetermi che voleva vivere a Parigi, con me, per sempre. Che avrebbe detto tutto ai suoi. Che avrebbe trovato una soluzione.»*

«...»

*«Che saremmo stati felici.»*

«...»

*«Poi quando ha saputo del bambino è cambiato, in poche ore. È diventato un altro. È un vigliacco, come tutti gli altri.»*

«...»

*«Lo odio...»*

Lui le aveva chiesto di incontrarla, prima di partire. Non si sentivano da giorni e Barbara non gli aveva risposto. Ma lui aveva insistito, doveva parlarle, era importante. E doveva farlo prima di partire.

*«Cosa devo fare, Georges?»*

*«Non lo so.»*

*«Hai ragione, devo sembrarti così stronza, insensibile, a parlarne con te. Proprio con te.»*

*«...»*

*«Ma non ho nessun altro.»*

Smetto di vederli, all'improvviso.

Smetto di sentirli. In questo gioco di scatole della memoria. Sono figure evanescenti, in questo rincorrersi delle voci, delle parole, delle speranze.

Olivier si è avvicinato al tavolo. Lui e Georges scambiano due parole, ma io non sento più nulla. Poi usciamo dal locale, siamo ancora accaldati, la brezza fredda dell'oceano mi fa rabbrividire.

Quando saliamo in automobile Georges sembra più vecchio. Io non so cosa sono, tutto si confonde. Non so come arginare i rottami che scendono dalle rapide, tutti questi pezzi di mondi passati, questo assurdo dolore. Tutto dilaga, nel flusso del sangue, in questa emorragia.

Quando arriviamo a Roscanvel il profilo dentato delle case si staglia sul cielo notturno come la bocca aperta di un coccodrillo. Georges parcheggia, apre il finestrino e accende un sigaro.

«Era il nove di agosto.»

Barbara e l'americano avevano appuntamento per pranzo nel posto dove si erano incontrati la prima volta, un ristorante kasher allora molto in voga nel Marais. Lei non sapeva se andarci, si sentiva tradita, sola, spaventata.

Quando Barbara e Georges si salutarono, lei lo

abbracciò, piangendo. Gli chiese scusa, sussurrando una frase che lui non ha mai dimenticato.

*«I tuoi figli saranno fortunati, ad averti.»*

Georges ripete quella frase, sussurrando anche lui. Non ne ha mai avuti, figli. Si rigira quelle parole in bocca, e io non so se in questo momento provi amore, o soltanto rabbia.

Forse ho desiderato anche io, alla fine di questa giornata, di essere la sua figlia fortunata.

Ma non sono sua figlia.

Non sono più la figlia di nessuno.

*Fa troppo caldo.*

*Le strade stingono in una lanugine torrida.*

*Tutto si scolora, in questo tempo di fine mondo. Le parole si ammassano, in una combustione lenta, nel fuoco ustionante dei pensieri. Camminiamo, nei bagliori atomici di agosto, e mi pare, camminando, di entrare nei dolori muti dei passanti, di sentire il peso del mio, affondato nel buio, dentro di me.*

*Mi dico che non devo avere paura, che ci sarà un tempo largo di vita, che tutto presto finirà.*

*Ma invece ho paura. Sento il cuore rincorrermi, mentre io rincorro lei.*

*Ieri mi ha detto che bisogna affrontare il destino, e oggi il destino si compie, in un modo o nell'altro. Lei affronterà il suo, in un modo o nell'altro.*

*E mentre cammina è un fantasma che scompare. Io stessa lo sono, adesso.*

*Sto scomparendo.*

*La seguo senza che se ne accorga. Cammina rapidamente, verso un posto che non deve essere molto lontano. Abbiamo lasciato alle nostre spalle il ponte di pietra, ed entriamo nel Marais. Quante volte ho desiderato viverci, e trascorrere giornate normali, appartate, con i ritmi uguali. Letture, passeggiate, café crème, la gatta sulle ginocchia a fare le fusa. E il calore piccolo di una casa piccola, con gli abbaini.*

*Lei accelera, non devo distrarmi.*

*Passiamo davanti alla Maison Européenne de la Photographie, sulla facciata campeggia uno scatto di Cartier Bresson, un uomo e una donna saltano su una pozzanghera, quasi volando. Superiamo rue de Rivoli, ci infiliamo in una stradina deserta, dove si celebra il silenzio, per pochi secondi, fino al nuovo incrocio.*

*Poi un vento, di polvere.*

*Un cane che guaisce, mi dice attenta, mi dice attenta, mi dice attenta.*

*Poi smette di guaire.*

*Tutti smettono di guaire.*

*Smettono di respirare.*

*Barbara si solleva, per qualche istante lentissimo, mulinando le braccia, nuotando, nell'aria.*

*E l'aria si fa scura, fosca, di fuliggine invernale.*

*Solo allora mi accorgo del rumore.*

*Lo scoppio dei mondi.*

*Solo allora capisco.*

Sono stata una bambina trafitta, dagli strali di un dolore invisibile, perfetta e invincibile. Inespugnabile. Abbandonata nella terra desolata della compassione. Ho attraversato la vita da sola, non avendo mai il coraggio di dire a me stessa che questo era ingiusto, crudele. Non sono mai riuscita a dire a mia madre che ero infelice.

L'ho amata così tanto. Fino alla disperazione, e lei mi ha amata, disperata, fino all'ultimo.

Mi ha protetta ferocemente. Nascondendo il pianto nei sorrisi, convinta che questo bastasse, che io non potessi vedere. Si è addormentata sfatta, sul divano, sul mio letto, tenendomi la mano, per tutta la mia infanzia.

Sono stata una ragazza inadatta, sottratta nei chili dal dolore, protesa verso giornate di spensieratezza, senza riuscire a raggiungerla mai, anche quando quelle giornate forse ci sono state. Ho continuato a vedere l'ombra, dietro di me.

Le cuffie mandano una musica a caso. Dal finestrino posso vedere le nuvole, nel cielo di nessuno.

Su una rivista infilata nella tasca del sedile di fronte c'è scritto: *J'ai tout mon temps.*

Penso al mio tempo. Quello trascorso, alle cose non dette, temute, proibite, annientate. E non so più chi sono e chi potrò ancora essere, dopo questa rivoluzione.

Mi sento respirare, in questa tregua del cielo, mentre sorvoliamo le montagne. Il respiro ha la stessa cadenza degli archi che suonano nelle mie orecchie. Lascio che i pensieri vaghino, si depositino, e trovino una pace qualsiasi.

Georges e io ci siamo salutati, in aeroporto, a Brest. Mi ha tenuta stretta al suo petto, e abbiamo versato le lacrime del dolore e dell'addio. Avrei voluto dirgli vediamoci, non perdiamoci di vista, la prossima estate potresti venire in Italia da me, o magari in autunno.

Ma non gli ho detto niente.

Ci siamo soltanto stretti forte, per il tempo che chiedono i padri, e le figlie.

Ma Georges non è mio padre.

Chi mi ha generato non ha un nome.

Mio padre è morto il 9 agosto del 1982. Aveva trent'anni, un figlio e una moglie americana.

Questo è quello che so.

È morto in una giornata di sole.

Quello è quello che mi rimane.

Ho provato a ricostruire gli ultimi istanti, attraverso le parole di Georges, e tutti i segnali, piccoli e grandi, seminati in una vita intera, la mia vita, attorcigliata a quella di mia madre. Si sono ricomposti, nel sortilegio di una sola notte, nella terra ai confini del mondo. Quello che so è tutto quello che resta, forse non darà mai un senso alle nostre vite, la mia, quella di mia madre, perfino quella di quel ragazzo americano. Ma è quello che resta.

In quella mattina di agosto Barbara, dopo aver parlato con Georges, decise di recarsi all'appuntamento. Aveva dentro di sé un grumo che non si scioglieva, un risentimento che risaliva la pelle, uno scorticarsi dell'amore e dell'odio. Forse sperava che, nonostante tutto, dopo quell'incontro, il grumo si sarebbe sciolto, il rancore avrebbe trovato finalmente una pace. E la vita avrebbe preso una linea dritta, con la dolcezza e la quiete a cui tutti hanno diritto.

Camminò nelle strade infuocate, con il suo passo veloce. Aveva un abito a fiori, la pelle abbronzata. In un giorno diverso avrebbe cantato, senza curarsi degli altri.

Attraversò il ponte che immette nel Marais e arrivò all'incrocio tra due strade quasi deserte, rue du Roi-de-Sicile e rue Ferdinand-Duval. Quando voltò l'angolo erano le tredici e quindici.

Esattamente le tredici e quindici.

In quell'istante una bomba esplose davanti al ristorante kasher Jo Goldenberg, il luogo dell'appuntamento.

Barbara fu sbalzata indietro dallo spostamento d'aria. Quando riaprì gli occhi, c'erano solo fumo e urla, nella strada.

Per prima cosa, istintivamente, si toccò la pancia, il grembo in cui vivevo nascosta, poi si rialzò, mentre tutta la gente correva. Ma invece di scappare, lei si infilò nel fumo.

Lui era davanti al ristorante in fiamme, riverso sul fianco. Con un taglio che gli squarciava il petto e il collo. Lei si inginocchiò accanto a lui, e di istinto premette forte sulla ferita, per fermare l'emorragia. Le sirene suonavano. Lui diceva cose che lei non riusciva a sentire.

Gli tenne la mano, mentre moriva, e la testa sanguinante sul grembo.

Rimasero così fino a che arrivarono i soccorsi. Due ragazzi con le tute arancioni lo misero in sicurezza su una barella. Prima che lo portassero via, lui le disse qualcosa, con le ultime forze.

*Ti prego, chiama la mia famiglia, digli che li amo tanto.*

Lo portarono via, dentro un'ambulanza.

Ma lui non respirava più.

Conosco soltanto un luogo, una data, un'ora precisa. Quella della morte di mio padre, ragazzo senza nome.

Ho saputo da Georges che Barbara non ha mai cercato la famiglia di lui, la moglie e il figlio, per consegnare loro quelle parole di commiato.

Non è stata capace di perdonare, in quell'istante, in quei giorni. Ha provato solo a cancellare tutto, il loro breve amore, il sangue che sgorgava dal petto, e poi perfino l'odio per la fuga di lui. Ha bruciato il suo vestito a fiori, e tutte le prove della silenziosa vergogna, per tutta la vita.

E non si è mai perdonata, per tutta la vita.

Questo è tutto quello che so.

Nei giorni che seguirono l'esplosione Barbara si chiuse in un silenzio ostinato. *La belle italienne* smise per sempre di sorridere.

Lasciò Parigi in una giornata di settembre, poco prima dell'autunno.

La stagione più amata.

Prendo la rivista dalla tasca del sedile di fronte. Comincio a sfogliarla, per riempire un pezzo del tempo che resta, prima di atterrare. Mi soffermo distrattamente su un reportage dalle isole Tonga, nel mezzo dell'oceano Pacifico. Penso alla distanza da qui a quel luogo lontanissimo. Questa distanza planetaria. Nell'articolo si parla delle escursioni che si possono fare, intorno all'arcipelago, per provare un'esperienza estrema: nuotare con le balene. Provo a immaginare cosa possa essere, tuffarsi in quel mare scuro, sfiorare quelle creature gigantesche, accarezzarle, guardarle da vicino mentre si inabissano. Penso a quelle acque profonde, e alle vite primitive che le attraversano.

A quell'ombra enorme.

Quando atterriamo, Milano sembra vuota, il taxi mi riporta a casa.

Pago e mi infilo nel portone. In ascensore ascolto il suono di cremagliera, fino al mio piano.

Faccio girare la chiave nella toppa ed entro.
Niente più somiglia a quello che è stato.
Gli oggetti, la luce, le piante sul balcone.
Tutto è finito, per sempre.
Sono viva.

Una volta, durante una seduta di terapia, Moretti mi disse una cosa che mi è rimasta impressa.

*Da bambini sperimentiamo i dolori e le paure dei nostri genitori e li ereditiamo, concependo il mondo nel modo in cui loro stessi lo concepivano.* La nostra eredità emotiva modella i nostri comportamenti, le percezioni, i ricordi. E impariamo a leggere i segnali, come farebbe un cane, aggirando gli ostacoli del dolore, ricevendolo e conservandolo in una stanza remota della coscienza. Nel tentativo di evitare la sofferenza, la loro e la nostra, ignoriamo quello che è davanti ai nostri occhi.

Oggi penso a tutto quello che ho evitato da bambina, perché mia madre voleva che io lo evitassi, tutto quello di cui ho avuto paura, sentendolo dentro di me, come un'ombra, perché lei stessa la vedeva, la sentiva. E proteggermi da quell'ombra, soffocandola dentro, è servito soltanto a farmene dono. Il dono odiato, di una madre amata.

Sono passati quattro mesi esatti dal mio viaggio in Bretagna.

Ogni giorno è stato come potare un albero, silenziosamente. E ho guardato ogni singolo, piccolo germoglio rinascere.

Ho liberato la casa di Barbara, conservato i mobili a cui tengo in un deposito, lucidato il parquet e riverniciato tutte le pareti di bianco. Non so ancora cosa ne farò, ma adesso è una casa vuota, e piena di luce.

Ho finalmente accettato l'invito a cena di Raoul, e poi un invito al cinema, e un altro ancora a una conferenza di un matematico tedesco sul teorema di Fermat, quello che nessuno era mai riuscito a dimostrare. E durante quella conferenza lui mi ha preso la mano, e io non l'ho tirata via.

Ho lasciato che mi tenesse per mano per tutta la sera. Per tutta la notte.

Ho chiuso definitivamente il mio lavoro di consulente, da ora in poi mi dedicherò soltanto alle piante e ai profumi. Prima di chiudere però sono riuscita a fare una cosa piccola, che mi fa sentire bene. Matteo, il mio amico commissario, mi ha aiutato a ricostruire la vicenda di suor Marta, la mamma adottiva di Nora, che si era rivolta a me perché la aiutassi a ritrovare il profumo della sua infanzia. E così un giorno ho telefonato a Nora e le ho chiesto se potessimo incontrarci.

È venuta da me in laboratorio una mattina di settembre, Marcello era fuori per delle commissioni. Abbiamo preso una tazza di karkadè e parlato un po', poi le ho raccontato quello che avevo scoperto.

Suor Marta, un anno dopo la chiusura dell'istituto, ha abbandonato l'ordine e si è spogliata. Per poi sposarsi e avere tre figli. Si chiamava Isotta Bonomo. Lei mi ha ascoltato tutto il tempo senza interrompere, con gli occhi spalancati.

«È un bel nome Isotta...»

«Sì. È un bel nome.»

«Le somiglia... sa dove... dove è seppellita?»

«La sua famiglia vive a Trieste. Quindi immagino che sia sepolta lì.»

È rimasta a lungo assorta, con gli occhi umidi. E in quel momento ho fatto quella piccola cosa che mi fa sentire bene. Ho preso una boccetta di vetro azzurra, che avevo posato sul tavolino, e gliel'ho offerta.

«La senta.»

Non ha chiesto nulla, ha preso la bottiglia e ha svitato il tappo. Ha inspirato piano e ha chiuso gli occhi. A lungo. Quando li ha riaperti, sulla guancia è scesa una lacrima.

Mi ha preso le mani. Quelle mani scarne hanno stretto forte le mie. E in quel momento mi è parso che qualcosa fosse andato al suo posto.

Prima di andare mi ha ripetuto che le piacerebbe venire a trovarmi, di tanto in tanto, e mi ha chiesto se io ne avessi voglia.

«Con grande piacere, Nora. Quando vuole.»

Ha messo la boccetta in borsa ed è uscita.

Ho cercato tra i profumi artigianali di allora, il sapone di Marsiglia, il latte non pastorizzato, ho provato a ricostruire un odore. Quel profumo non è probabilmente lo stesso che Nora sentiva sul seno di suor Marta, ma ha voluto crederci.

E alla fine forse è questo quello che serve, a volte, per guarire.

Mi tolgo il camice e spengo la luce, prendo il borsone e controllo che ci sia tutto, poi esco dal laboratorio e faccio la solita strada. Qualcuno rientra a casa per cena.

Mi spoglio, indosso il costume e la cuffia.

Salgo sul blocco e infilo gli occhiali.

Guardo la superficie mobile, sotto di me.

E mi tuffo.

FC

Finito di stampare nel mese di maggio 2024
da Grafica Veneta s.p.a., Trebaseleghe (PD)

Questo libro è stampato col sole

GRAFICA VENETA

Azienda carbon-free

Certificato PEFC
Questo prodotto è realizzato con materia prima da foreste gestite in maniera sostenibile e da fonti controllate

PEFC

PEFC/18-31-226

www.pefc.it